あなたはここに
いなくとも

町田そのこ

新潮社

あなたはここにいなくとも　目次

あなたはここにいなくとも

おつやのよる

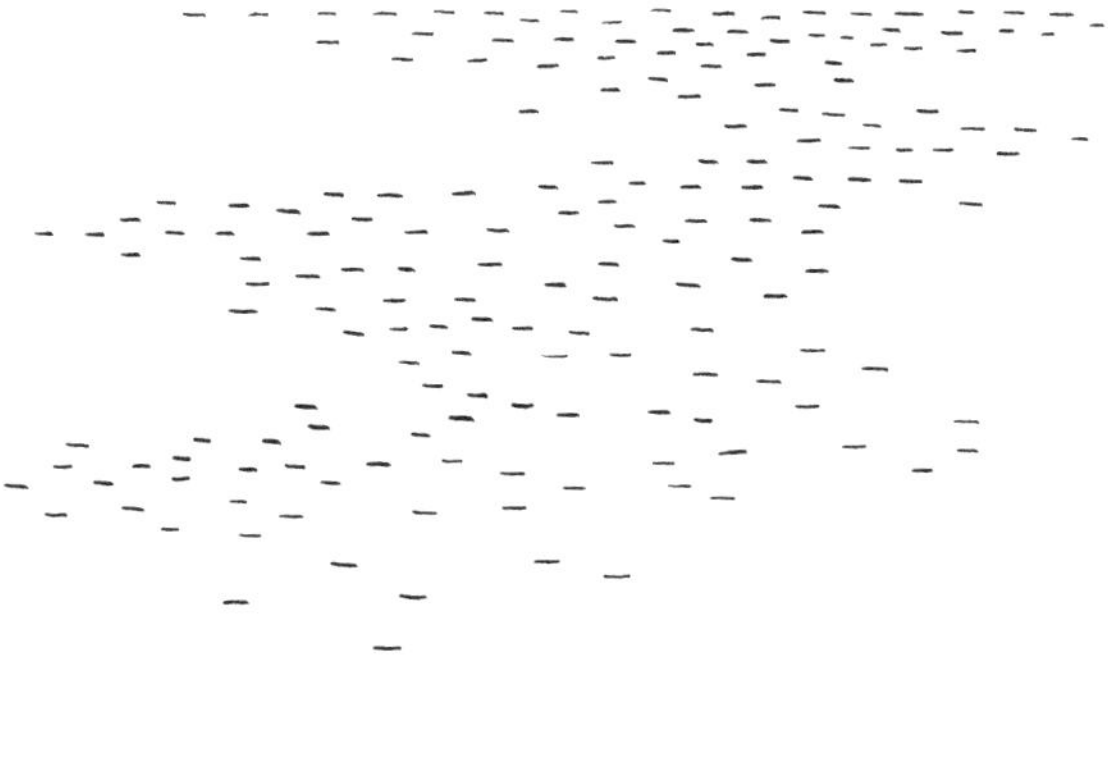

えー、うちの『ごちそう』って何かって？

わたしの家は断然、すき焼き！　家族みんな大好きやもん。わたしは皮が特に好き。くたくたに煮えた白菜を皮で巻いて食べるのが最高と思……え？　何？　皮は皮やろ。とり皮。うちね、わたしが好きやけん鶏皮だけ買い足すと……え。何で笑うん。牛？　いやそれは東京の話やろ。違うと？　そりゃ、学校の給食もそうかもしれんけど、でも『普通』は鶏肉やろ？　え、違う？　みんな何で笑うん。失礼やない？　ねえ、失礼やって！

小学五年生のわたしが、顔を真っ赤にして叫んでいる夢を見た。あれは、昼休みのくだらないやりとりでのことだった。

『みんなの家のごちそうは何？』

それぞれがビーフシチューやお寿司、豚の角煮などを挙げる中でのすき焼きは、決して悪いメニューではなかったはずだ。けれど、鶏肉を使うと言った上に『鶏皮』が好きとドヤ顔で言ってしまったがゆえに、めちゃくちゃに笑われた。そして小学生特有の残酷さで、わたしは卒業まで『トリカワ』という不名誉なあだ名で呼ばれたのだった。

「何で今頃、こんな夢を見るかな……」

天井を眺めながら、苦く笑う。くだらない記憶が蘇ったものだ。二十七になったいまなら鼻で笑い飛ばせることだけれど、あの当時のわたしには天地がひっくり返るほどの事件だった。大好きな料理が正しくないと笑われ、しかも初恋のひとだった福元《ふくもと》くんに『貧乏くせえ』と言われて、どうして平気でいられるだろう。明日から学校に行けない、と泣きながら帰ったのを覚えている。結局、福元くんはわたしのことを最後まで『トリカワ』と呼んで、そのしつこさに恋心は消え、逆に憎しみに変わったんだったっけ。

そしてあの事件は、わたしに大きなトラウマを植え付けた。あれ以来わたしは、我が家の常識が世間の常識と違うのではと、びくびくするようになってしまった。世間との『ズレ』を見つけては絶望し、ひとり泣き咽《むせ》んだ。他の家に生まれていたらきっとこんな思いはしなくてすんだのに、と。

よそはよそ、うちはうち。そんな言葉を何度となく聞かされて育ったし、それは正しいと分かっているけれど、トラウマは長くわたしを苦しませた……って、たかが夢のことで何をしんみりしちゃってるんだ。

「ああ、そうか」

ふと気付いて体を起こし、ベッド脇のチェストに置いていた葉書を手に取る。きっと、昨日これが届いたから、古い記憶が表に現れたのだ。

絵手紙用の和紙葉書で、表書きには達筆な字でわたしの名前が書かれている。裏返すと手描きの水彩画が目に飛び込んでくる。わたしの地元である門司《もじ》港の風景だ。空と海、質の違ううつくしい青を、関門橋が分けている。透明感のある空の部分に、やはり綺麗な字で『あなたのしあわせな顔を見せてちょうだい』とある。送り主の名前は『池上春陽《いけがみはるひ》』。わたしの祖母の名だ。

「こんなので、里心が湧くと思うなよ」

小さく呟いてみるも、いまごろの海は綺麗だろうなあと思う。コバルトブルーの水面を渡る、やわらかな潮風。この時期だと鯵《あじ》が美味しいはずだ。しかし祖母はいつも、やたらに酸っぱい南蛮漬けにしてしまうのだ。それも大量に。実家にいた当時は嫌で仕方なかったけれど、いまは少しだけ食べたい気がする……ってダメだダメだ。思い出すな。

祖母は今年で九十四になるが、スマートフォンやSNSをも使いこなす。頭も体もしっかりしていて、趣味は水彩画とフラダンス。そんなひとがメールではなくわざわざ手紙という形をとったのは、紙の質感や重みがどれだけ心に残るか分かってのことだろう。すぐにデリートしてしまえるメールにはない存在感を、あのひとはよく知っているのだ。

「くそう。してやったりの顔が目に浮かぶわ」

お蔭で嫌な思い出まで夢に見たわ。葉書をチェストの上に置いて、ベッドから這い出た。カーテンを開けると、窓の向こうは曇天が広がっていた。九州では梅雨明け宣言がなされたと、昨日のニュースで言っていた。門司港の空は、きっと青く澄んでいるのだろう。帰りたいとも思うけれど、帰れない。祖母はきっと、わたしがひとりではなく恋人を連れて帰って来るように願っていて、わたしはどうしてもそうすることができないから。

がたんと音がして、驚いて見ればリビングに続くドアの隙間から章吾《しょうご》が顔を覗かせていた。ふわりとコーヒーの香りが鼻を擽《くすぐ》る。

「わあ、びっくりした。いつ来たの、章吾」

「さっき。よく寝てたから、起こせへんかった」

手にしていたマグカップのコーヒーを音を立てて啜り、「清陽《きよい》もコーヒー飲む？」と言う章吾は、わたしが三年ほど付き合っている恋人だ。勤めている広告代理店の、先輩でもある。飲む、と言いながらリビングに行くと、テーブルの上にたくさんの袋が置かれていた。覗きこむと、わたしの好きなものが詰め込まれている。

「おお、わたしのお気に入りの赤ワイン。こっちはチーズとローストビーフ。あ、ギッフェルのパストラミサンドに胡桃ベーグル！　何これ。最高の休日が約束されてるじゃん」

思わず顔が綻《ほころ》ぶ。わたしたちは営業職で、お互いいつも仕事に追われている。隙間を縫うようにして会っていたけれど、ここ二ヶ月はそれもできなくなっていた。章吾がエリア拡大を目的とした新規の支店に異動になり、立ち上がりのための業務に忙殺されていたのだ。ようやくまとまった休みが取れそうだと連絡がきて、ふたり揃って二連休を取った。せっかくだから温泉旅行に行くのもよかったけれど、疲れが残っているであろう章吾に無理をさせたくないので、わたしの部屋で好きなものを食べて飲んで、観たかったゾンビドラマをだらだら観ることにしていた。

「一緒に買い物に出るつもりだったのに、もう行かなくっていいね。章吾、ありがとう」

「これだけ食料があれば、二日間引きこもり可能やで。社用電話も既に電源を切ったった」

ふはは、と章吾が笑う。清陽も切っておき。ゾンビに喰いつかれる瞬間に着信するほど無粋なもんはないで。わたしはそれに、「もう切ってるし」と親指を立てて返す。この二日間を、わたしがどれだけ楽しみにしていたと思っているのだ。章吾もそうであるといい、と願いながら昨晩必死で部屋を片付けた。

章吾の持ってきてくれた目の前の品々を見るだけで、にやにやが収まらない。きっと、わたしと同じくらい楽しみに思ってくれていたに違いない。

章吾がコーヒーの入ったカップを渡してくれ、それを受け取る。飲んでひと息ついたところで、寝室でプライベート用のスマホの着信音がした。カップを片手に寝室に戻り、枕元に転がっていたスマホを取り上げる。表示された名前は、母だった。考えるより先に通話ボタンを押していた。嫌な予感、というものを感じたような気もする。「もしもし」と言うより早く、静かな母の声がした。

『清陽。おばあちゃんが、亡くなったよ』

体温なのだろうか、何かがひゅっと落ちるような感覚があった。視界が一瞬、色彩を無くす。まだ夢の中だったか。だって、そんなことあり得ない。でも、母は淡々と続ける。朝ご飯を一緒に食べて、おばあちゃんはワイドショーを観はじめたんよ。私は自分の通院支度をしてて、さあ出かけようと思っておばあちゃんに声を掛けたら、寝とってね。でもちょっと様子がおかしくて口元触ったら息してなくて、慌てて救急車呼んだんよ。老衰って、病院の先生が。

つい二時間ほど前に、祖母はこの世を去ったのだという。呆然としたわたしに、帰って来いと母が言う。葬儀社さんとの打ち合わせはこれからやけど、今晩がお通夜で、明日がお葬式ってことになるんやないかな。あんたも早よ帰って来て、手伝って。

それから一時間後。わたしは、クローゼットの隅に押し込まれたままだった喪服を詰め込んだバッグを持って、新幹線に乗っていた。トンネルを通過するたびに、窓ガラスに自分の顔が現れる。化粧をしていないせいか生気がなく、泣き出しそうにも見える。いや実際、泣きそうだった。

新大阪駅まで送ってくれた章吾と、別れ際に喧嘩をしてしまった。祖母の通夜の席だけでも出たいと言った章吾を、わたしが断ったのだ。そういうの、いいから。やめてよ。

その言い方が悪かったと思う。あまりにつっけんどんで、吐き捨てるという表現がぴったりな口ぶりになった。でも、祖母の死に動揺していて、そして章吾の言葉が怖くて反射的に言ってしまったのだ。

『へえ。迷惑ってことやな。そういうつもりなら、ええよ』

章吾は怒ると無表情になり、声がとても静かになる。いままで聞いたことのないほど低く平坦に言った章吾は、慌てたわたしの言葉になどもう耳を貸す気はないようだった。

『清陽にとってのおれって、どうでもいい存在やねんな』

章吾は踵《きびす》を返すと、一度も振り返らずにひとごみの中に消えていった。追いかけなければいけないと思ったけれど、わたしは動けずに背中を見送って、それから新幹線に乗った。

ありがとう、ついてきて。そう言うべきだったのは分かっている。章吾の申し出をありがたく受け入れればよかったのだ。章吾の気持ちは嬉しいし、何よりも祖母はとても会いたがっていた。地元を離れて大阪に住まうわたしが誰とどんな風に暮らしているのか、知りたがっていた。

でも、わたしにはそうする勇気が出なかった。こんなときでさえ。


二十五を超えた辺りから、帰省するたびに家族から『結婚』という言葉をちらつかせられるようになった。従妹の恵那《えな》は三人目を妊娠したとか、中学のクラスメイトだった千夏《ちなつ》ちゃんは博多の大きなホテルで華やかな挙式をしたとか。

『千夏ちゃんはグァムだかでふたりで式をあげたいって言ったらしいんやけどね、ほら、あの子の家は親が見栄張りやけん。町議会議員さんや商工会の会長さんを呼んで、そりゃ賑やかしい状態やったとって。でもあたしはね、そういうのはどうでもいい。記念写真を見せてくれたらそれでいいと思っとる。清陽のハレ姿を目に焼き付けて逝けたら、それで』

一番熱心に、真正面から言ってくるのが、祖母だった。

半年ほど前の、年末年始の帰省のときのことだった。昼ごはん代わりの雑煮を啜っていたわたしの横につつ、と座った祖母は『もういい加減に考えてくれんね』と神妙に言い、『清陽の結婚の前にあたしは死んでしまうよ』としょんぼり俯いた。ねえ、好いたひともおらんとね？　あたしはせめて、あんたが選んだひとに会いたいんよ。あんたのしあわせを見届けんと、死ぬに死なれんとよ。

祖母がいつもからだのどこかに貼っている湿布薬の匂いが鼻を擽る。頭の毛はタンポポの綿毛のように真っ白で頼りなく、ピンク色の頭皮が透けて見えた。膝の上で結んだ両手は皺とシミだらけで、模造紙で作られた模型のようだ。ああ、年を取ったんだなあと思った。かつてわたしと唐揚げの大食いレースをして大差で勝ったひとは、もう老いているのだ。

祖母不孝をしているのかもしれない、と心がぎゅっと痛み、だからわたしは『ごめんね』と祖母に素直に謝った。彼氏もいるし、そのひとと結婚したくないわけではない。でも、わたしにだって会わせられない事情がある。そういうことを、言葉を探しながら言うと、肩を落としていた祖母が、がばっと顔を上げた。

『じゃあ連れて来んさい。結婚したいち考えとるひとがおるってだけで、上等だ。顔くらい、見せてよ！』

その顔には艶と張りがあって、まだしっかりとした黒目がキラキラしていた。

『くそう。ばあちゃん、謀《はか》ったな……』

『あたしの命でも差し出さんと、あんたはのらりくらりと躱《かわ》すでしょうが』

むし歯ひとつないという自慢の歯をむき出して、祖母が言う。だいたい、そういうひとがおるんなら、何で連れて来んとね。どういうひとがあんたとお付き合いをしとるとか、あたしは知りたいし、話してみたいんよ。紹介してくれたって、いいやろうもん。

わたしはそんな祖母を、どうやって穏便にやりすごそうかと考える。いつかはと思っているけれど、でもそれはいまではないし、いつになるかも分からない。まだその時期じゃない気がするからもう少し待って、そんな感じで終わらせようと思っていると、わたしの向かい側で酒を飲んでいた父が、鼻を鳴らして笑った。

『どうせ親に見せられんような、下らねえ男なんだろ』

面倒くさそうに言って、大きくげっぷをする。遠慮のない下品な音が、耳に大きく響いた。ざわりと感情が波立つのを感じながら、『何て？』と努めて穏やかに訊き返す。父はぐい呑みの中身をきゅっと飲み干して、手づかみでおせちの栗きんとんを摘まんだ。べろ、と舌で舐めとるようにして食べる。

『親に紹介もできんような、箸にも棒にもかからねえ下らねえ男だろって言ったんだ』

けっけ、と父が笑う。そんなもん、会うだけ無駄だ。連れて来るんじゃねえぞ。アルコールで赤くなった鼻先と、とろりとした目が酔いの深さを教えていた。その、昔から見慣れた顔を前に、すうと感情の波が引いてゆく。気付けば、わたしは手にしていた箸を投げつけていた。箸は前髪が大きく後退したおでこに当たって転がり、父が愕然とした顔をした。

『何しやがる、清陽!』

『逆でしょ?』

立ち上がり、父を見下ろす。

『好きなひとに見せられない家族だから、連れてこられないんだよ』

意味が分からなかったのか、父が目をしばたかせた。その間抜けた様子に苦く笑ってみせるとようやくはっとして『何だと、てめえ』と立ち上がろうとする。しかし足元がおぼつかなくて、中腰になったところでごろんと転がった。足がテーブルを蹴りあげ、わたしが食べていた雑煮の椀がひっくり返った。

『おま、お前、親に対して何失礼なこと言ってんだ。おい、謝れ』

『ひっくり返った亀みたいな格好して、何偉そうに言ってんのよ。正月だからって昼間からべろべろになるまで酒飲んでる父親を、どう紹介するの。できるわけないじゃない!』

『何だと、このバカ娘。こっち来い。ぶん殴ってやる』

顔を真っ赤にして、父が怒鳴る。祖母が『やめな、清陽。酔っ払いと喧嘩しても仕方ないよ』とわたしの服の裾を摑んで言ったけれど、わたしはその手を振り払った。

『はっきり言っとく。この家族を紹介できないから、連れてこられないんだ。結婚したくたって、できないんだ！』

馬鹿なことを言ってる、と頭の隅で思う自分がいた。いい年をして、何を叫んでいるんだろう。でも、いったん開いた感情の弁は、もう閉じられなかった。父が唾を飛ばして、出て行けと言う。お前のせいで、せっかくの正月も台無しだ。たまにしか帰って来ないで、その上に家族を馬鹿にするしかできねえのなら、いますぐ出て行け。だからわたしは、祖母が必死に引き留めようとするのも構わずに荷物を纏めて実家を出て、大阪のアパートに帰ったのだった。

あれから半年。実家に帰ることもなければ電話ひとつかけなかった。祖母からは何度かメールが来て当たり障りのない返答をしたけれど、でもそれは決して、祖母の望む回答ではなかった。

「ごめん、ばあちゃん」

小さく声に出して呟く。祖母孝行できなくて、ごめんなさい。

梅雨明けした門司港は、起き抜けに想像した通り、快晴だった。日差しが眩しく、道行くひとはもう夏の装いをしている。緑が鮮やかな風師山《かざしやま》の裾野にある実家にタクシーで向かうと、庭先に白いテントが立っていた。葬儀社のひとだろう、白いカッターシャツに黒のスラックス姿の男性がふたり、受付台を設置している。彼らに会釈をして家に入ると、母が誰かと大きな声で話していた。

「勝弘《かつひろ》さんは本当にひとが変わったねえ。まるでお殿さんみたいに偉そうになって。数恵《かずえ》さんもよう辛抱しとるわ」

「そうなんよ。もっと強気でいりゃいいのに」

話し相手は従妹の恵那のようだ。声のする茶の間に行くと、ふたりは座ってお茶を飲んでいた。恵那が先にわたしに気付き「キヨ姉」と声を上げる。

「早かったね。お疲れ」

恵那は父方の従妹で、わたしの三つ下。高校を卒業すると同時に結婚し、半年後に子どもを産んだ。いわゆるできちゃった結婚だ。その三年後にもうひとり産み、いまは三人目を妊娠中。見ればはちきれそうなお腹をしていて、予定日を聞けば昨日だと言う。

「なかなか出て来てくれないんだよね。ばあちゃん、楽しみにしてくれてたのにな」

恵那はすでに泣いたあとなのだろう、高校時代からいつもばっちりメイクを施している目元が、赤く浮腫《むく》んでいた。

祖母は搬送された病院からもう帰ってきていると母が言うので、安置している続き和室に向かう。すっかり葬儀場に様子を変えた上の間の中央で、祖母は自身の愛用していた布団に収まっていた。顔にかけられたまっさらな布が、やけに明るい。

「いっこも苦しまん、大往生だって。お医者さんが」

よいしょ、と母が祖母の横に座って「ばあちゃん。清陽が帰って来たよ」と声を掛ける。いつもの帰省と同じ、変わらぬ声掛けだけれど、返ってくる言葉はない。母が布をとると、穏やかに眠る顔があった。ほんの少しだけ、気が抜けたように口が開いている。ああ、死んじゃったんだと実感した。喉元まで「ごめんね」という言葉が込みあげたけれど、それを飲み込んで「久しぶり」と言った。それから祖母の顔を眺めていると、母が「いま、お父さんと勝弘さんが葬儀社に行って、打ち合わせしとるんやけどね」とため息をつく。

「ばあちゃんは、自分のことに関しちゃ倹《つま》しくしたひとやったやろう。派手んしてもみっともない、ち。仰々しいことも嫌いなひとやけん、大きなお葬式やなくてこぢんまりしたもんにしてもらおうち、お父さんとあたしは思ってるんよ。でも勝弘さんが嫌がって。会社の付き合いがあるち」

「父さんの言うことなんか無視していいとよ。ばあちゃんのことなんてちっとも大事にしてなかったんやけん」

恵那が鼻を鳴らす。ばあちゃんていうか、家族のことなんかどうでもいいひとなんよ。頭の中は会社と女のことばっか。

「会社はともかく女って、まだあの愛人と付き合ってるの？」

思わず言うと、恵那は口元を歪めて笑う。

「あの女には捨てられたんよ。金の匂いがしなくなった途端に、いなくなった」

父の弟で、恵那の父の勝弘叔父さんは、小倉《こくら》で老人介護施設を経営している。元は雇われケアマネージャーだったが独立し、いまでは四つの施設を運営している事業家だ。かつてはやさしいひとだったように記憶しているけれど、事業が大きくなるにつれて態度が大きくなり、身なりは派手になり、果ては愛人を作った。しかも、そのひとを秘書だと言って堂々と連れ回していて、あからさまにべたべたとくっついていた。

「金の匂いがしなくなったって、どういうこと？」

「四つ目に作った施設が、金持ち向けの高級路線やったんよ。インテリアや食材に拘《こだわ》って、お風呂は由布院から温泉の湯をタンク車で運ばせてさ。でも、あまりに入居費が高いってんで、だーれも入ってくれんの。経営してるだけで赤字やったみたい」

借金だけが嵩み、その結果ふたつの施設を手放す羽目になったのだという。父親の大変な事態を恵那はどこか楽しそうに話した。

「経営が盛り返せるかどうか分からんけど、うまくいけばまた新しい女を作るっちゃないと？」

「へえ、大変だ……て、こういう話していいの？　叔母さんは？」

慌てて周囲を見回す。恵那の母——叔父さんの妻の数恵叔母さんは大人しい気弱なひとで、夫のやっていることを黙認状態だけれど、だからってこんな話を聞きたくはないだろう。恵那は「うちの子たちを連れてコンビニまで行ってる」と言った。

「さっきまで庭で遊んでたんだけど、ふたりとも飽き飽きしたみたいで」

「あ、そうなんだ。恵那、旦那さんは？」

恵那の夫の洵《しゅん》くんは、恵那の高校時代のクラスメイトだ。高校卒業後は自動車整備工場で働いている。学生時代はヤンチャをしていたと聞くが、とても穏やかな青年だ。あまり会うことはないけれど、とても子煩悩だと祖母から聞いた覚えがある。急なことだし、まだ仕事中だろうかと思って訊くと、恵那が般若みたいな恐ろしい顔をした。

「キヨ姉。もう、あいつは死んだと思って。あいつ、浮気しとったとよ」

嘘、と小さく叫んだわたしに、恵那は「クソだよ、クソ」と吐き捨てる。

「あたしがこんなお腹で子どもふたりを見とるのに、高校時代の女友達とこっそり会って、飲みに出かけとったと。最低よ」

別の友人から、飲み屋でふたりが親密そうに話している盗撮写真が送られてきて発覚したのだという。洵くんは、恵那が子どもにばかり構うので寂しくなったと弁解したそうだが、恵那にしてみればふざけている物言いだろう。

「下の子がまだ夜泣きするし、そもそも臨月って満足に熟睡できんとよ。寝不足でフラフラしてんのに、どうやって洵といちゃいちゃしろっつーの。もう離婚だ、離婚」

恵那は一週間ほど前に洵くんと住んでいたアパートを出て、子どもたちとこの家に住んでいるらしい。どうして実家に帰らないのと訊いたら、「父さんの顔を見たくない」と言う。

「父さんは、子どもが三人もいるのに母親の自覚がない、とか絶対偉そうに言うもん。父親の自覚がない洵を叱れよって話。それに、愛人を作って遊び三昧だったひとと一緒に居たらストレスで死にそう。父さんには今回のこと何も言ってないんやけど、あのひと全っ然気づかんと。さっき顔を合わせたら『もう来てたのか』だってさ。バカやん」

けっけ、と恵那が笑い、「でもこっちに来てよかった」と祖母に目を向ける。

「おばちゃんたちには迷惑かけたけど、ばあちゃんはひ孫と生活できて楽しいって言ってくれたんよ。最後にいい時間を過ごせたと思う」

「そう……」

事情はどうあれ、確かに祖母にとって楽しい時間だっただろう。子どもが好きで、いつだって全力で遊ぶひとだった。しんみりした声で、恵那が続ける。

「昨日もね、子どもたちをずっと面倒見てくれてさ。で、その間あたしはおばちゃんにグリーンキャッスルに連れて行ってもらってね。それでさ、めっちゃ勝ったんよ。ふたりしてビッグ引きまくり」

「ジャグラーであんなに勝ったの、久しぶりやったねえ。妊婦さんはクジ運があるち言うけど、あたしもそれのおこぼれ貰えたとやろうね。それで、昨日の夕飯は焼肉にしたんよね。

ばあちゃんも美味しい美味しいって食べてさ。いい夕飯やったよね」

母と恵那がうふふ、と笑いあう。わたしは、顔が引きつるのが分かった。

「え、待って。九十半ばのばあちゃんに体力有り余った幼児をふたり預けて、スロット行ってたの？　お母さんは透析患者だし、恵那なんて臨月妊婦だよ？」

恵那が「座っとるだけやけん、問題ない」と平然と言う。

「そうそう。それに、散歩がてらにちょっと行っただけよ。お互いストレス溜まってたし、気晴らしも兼ねて、ねえ」

母は暢気に言うが、わたしは知っている。母が毎日行っていることを。

「嘘ばっか。どうせ今月も皆勤賞なんでしょう！」

グリーンキャッスルには会員カードがあって、来店するたびにポイントがつく。母はこのポイント目当てに、毎日欠かさず通っているのだ。図星だったのか一瞬気まずそうな顔をしたものの、ぷいと横を向いて「健康のために歩いているだけですう」と唇を尖らせた。

「お母さんがどこに行こうと、いいじゃないの」

わたしは口を引き結んで、頭を振った。

信じられない、信じたくない。年寄りに子どもを預けてスロットに行く母親なんて、常識がなさすぎる。しかもそれに、病を得ている実母まで付いて行っていたなんて。

眩暈《めまい》がしそうになりながら、やっぱり章吾に来てもらわなくてよかったのだと思う。こんな家族を、どうして紹介できるだろう。きっと、軽蔑される。だって、紹介された章吾の家族はとても、素晴らしいひとたちだった。

付き合い出して二年が過ぎたころ、章吾の実家に行った。章吾の実家は有馬温泉の近くにあって、温泉旅行に行くついでに寄ろうと誘われたのだ。家族に紹介されるということの持つ意味を考えて、わたしはとても緊張していた。

章吾の両親は、温和で知的なひとたちだった。ふたりとも高校教師で、母親は教頭をしているという。通されたリビングの壁は一面作り付けの書架になっており、みっちりと本が詰まっていた。一般文芸から芸術雑誌、小難しそうな教育論の本や章吾が子どものころ読んでいたという児童書まで揃っていて、一番古そうな児童書を手に取れば背表紙の破れがきれいに補修されていた。何度となく読んで、最後には家族全員諳《そら》んじることができたという。書架には章吾の子ども時代のアルバムもあった。革張りのそれは分厚く、写真と一緒にメモまで貼ってあった。二月十四日〔晴〕初めての美術館でルソーと出会う。九月二日〔曇〕バタ足をマスター。なんていう風に。誕生日には家族で手作りのケーキを囲み、お正月は晴れ着を着て初詣。そこかしこに、丁寧に育てられた痕跡があった。

章吾の父親は「本の虫」と自称するくらいの本好きで、母親はハンドクラフトが趣味だという。来客用のソファには見事なレース編みのカバーがかけられていて、半年がかりで編んだものだと、どこか恥ずかしそうに言われた。章吾には邪魔だって言われるんだけど、でもこうしてると古いソファも華やかになってまだまだ使えるのよ。わたしは、とても素敵ですと言った。こんなきれいなものが作れるなんてすごいです。わたしは不器用で、マフラーひとつ編めないので尊敬します。

言いながら、どうしても門司港の両親の顔がちらついて消えなかった。暇があれば酒を飲んで過ごす父と、スロットが趣味の母。子どものころの写真はもち吉の煎餅缶に無造作に入れられていたけれど、いつかの大掃除以来行方不明だ。唯一残っているのは茶の間のテレビの上にある、大きく引き伸ばされた写真一枚きりで、それは幼稚園児のわたしが小倉競馬場のパドックで馬に髪を食べられそうになって泣いているシーン。いまにも殺されそうな顔で叫んでいるわたしの顔が面白いと、父がずっと貼っている。

母親と穏やかに会話する章吾の顔を見て、胸が痛んだ。このひとがもしわたしの両親に会えば、呆れ果てるだろう。生まれ育った環境が、あまりにも違い過ぎる。

「ああくそ暑いな。おい数恵、帰ったぞ」

玄関の方でだみ声がして、はっとする。どすどすと足音も荒く中へ入って来るのは、叔父さんだ。上の間で座っていたわたしたちに気付くと、「おう、清陽。久しぶりやの。元気しちょったか」と大きな声で言う。

「どうも。御無沙汰しています」

頭を下げると、「お前は滅多に帰ってこんけん、ばあさんの死に目に遭えんかったの」と続けた。その言い方にむっとするけれど、しかし言い返すともっと面倒な会話をしなくてはいけないので我慢する。わたしに気を使ったのか、恵那がそっと手を握ってきた。

「それより、数恵はおらんのか。恵那、茶」

どっかと座り、お腹の大きい娘に顎で指図する。立ち上がろうとした恵那を母が制して、「数恵さんはチビちゃんたち連れて買い物。冷たいのでいいかいね」と答える。叔父さんは「すまんね」と口にしたけれど、少しも申し訳なさそうじゃなかった。

「ただいま。おお、清陽帰ってたか。急なことやったけど、仕事は休めたんな？」

汗を拭き拭き、遅れて入ってきたのは父だった。やあ疲れた、と弟の横に座る。

「大丈夫。ちょうど、有休消化で二連休とってたの」

「そうかそうか。ばあちゃん、それが分かっとって、今日亡くなったんかもしれんなあ」

酒の入っていない父は、口数の少ない静かなひとだ。酒を飲むと饒舌になり、気が大きくなる。笑えない冗談を飛ばしているくらいならいいけど、酒が深くなるにつれ攻撃的で怒りっぽくなる。適量の範囲内であればいいのに、いつも飲みすぎては家族に当り散らすのだ。今夜の通夜の席でもきっと浴びるほど飲むのだろう、と想像するだけでげんなりする。

「そうそう、ばあちゃんはここで……ええと家族葬ちいう式で送り出すって決めたけんの。勝弘も納得してくれた」

「兄貴がどうしてもち言うけん、仕方なか。まあ、わしの仕事関係を呼ぶちなったら、この家から弔問客が溢れてしまうけん。そもそも、こげな小さい家じゃ無理じゃ。でかい会館を借りんと」

叔父さんが笑って言うが、父も恵那もそれに返事をしない。わたしも、祖母の方を見ているそぶりで聞き流した。祖母だったら、男の見栄張りはみっともないと叱り飛ばしただろうに。

母が全員分のお茶を支度してきて、グラスの中身をひと息に飲んだ父が呟く。

「ばあちゃんは、家族と、ばあちゃんを偲んでくれるひとたちと静かに見送ろう。それが一番の供養やち思う」

誰ともなしに祖母を見て、それからみんな頷いた。

通夜の時刻になると、祖母の友人や近所のひとたちがぽつぽつと来て、祖母と最後のお別れをしてくれた。

「ハルさんとは一昨日まで、夏祭りのフラダンスステージの練習をしとったのに」

「いつも遊びに来てくれて、嬉しかったなあ。ハルさん、向こうでまた会おうねえ」

突然の死とはいえ、九十も半ばのひととなると皆どこか穏やかで、落ち着いている。そういう事態が近くに訪れることが分かっていたのだろうなと思うと同時に、自分のまったくの準備のなさが情けなくなった。祖母の友人たちの相手をしていると、背中にどすんとやわらかな衝撃がある。振り返ると子どもの笑顔がふたつ並んでいた。

「キヨ姉！　遊ぼう！」

恵那の子どもは、上が一樹《かずき》、下が大樹《だいき》という。恵那の弟の萠《めぐむ》とプロレスごっこをしていたはずだけれど、と見れば萠は下の間の端っこに寝そべって「もう無理」と情けない声を上げた。

「そいつらの体力、無尽蔵だよ。オレ、ギブアップ」

「去年まで体育大の学生だったくせに、子どもに負けてんじゃないよ」

わたしが笑うと、萠は力なく頭を振る。

「事務仕事ばっかりで、体が鈍《なま》ってるんだよ。ちょっと休ませてよ、キヨ姉」

仕方ないなあ、とわたしは子どもたちに「ジュースでも飲む？」と訊く。エアコンが効いているけれど、子どもたちの顔には汗が滲んでいた。どれだけ夢中で遊んでいたのかと笑いが零れる。この子たちにはまだ祖母の死はよく分からないのだろう。でも、この笑顔と声だけで、祖母は慰められているはずだ。

台所で冷えたジュースを用意していると、「何だと、コラァ」と激しい声がした。「ふざけたこと言ってんじゃねえぞ」と続く。どうやら、叔父さんが誰かに怒鳴っているらしい。びくりと震える子どもたちに「ここでジュース飲んでなさい」と言って慌てて和室に戻ると、叔父さんと恵那が睨み合っていた。「落ち着けよ、オヤジ」と萠が間に入っている。

「どうしたの」

近くにいた母に訊くと「洵くんよ」とため息を吐く。

「勝弘さんがどうして洵くんが来てないんだって恵那ちゃんに訊いたんよ。そしたら恵那ちゃんが離婚するからどうでもいいって言ってね……」

浮気くらい許してやれ、そんなの絶対嫌だという口論の果てに、叔父さんが激昂したのだという。

「母親ってのは、子どものために何があっても我慢するもんだ。お前は母親失格やぞ。そんなに離婚したいんなら、もう好きにせえ。でもな、家に帰って来るんじゃねえぞ。そんな阿呆を引き取るわけにはいかねえ」

叔父さんは、ずいぶん酒を飲んだようだ。彼の座っているテーブルの前には、空になったウィスキーの瓶があった。顔が真っ赤なのは、怒りのせいだけでもなさそうだ。

「おい数恵。お前も反省せえよ。育て方を間違えとるやないか。こいつは亭主に食わせてもらってる恩も感謝も分からねえバカ娘になっとるやろが」

叔母さんは、恵那の隣に座っていた。ふたりの言い争いを必死に取りなそうとしていたけれど、夫の言葉に顔つきを変えた。いつもの弱気な表情が消えたかと思うとゆっくりと立ち上がり、夫を見下ろす。

「……もういいわ。離婚しましょうや」

震えていたけれどはっきりした言葉に、叔父さんが、ぽかんと口を開けた。

「娘にわたしと同じ苦労をしろなんて、口が裂けても言いたくない。あんたもよくそんなこと言えたもんやね。もう、呆れ果てた。別れましょう」

「お前、わしと別れてどうやって生活していくっち言うとや。帰る実家ももう無けりゃ才能のない専業主婦で、どうして生きていく。金は持たせてやらんぞ」

「ひとりでなら、どうにでも生きていけるわね。それに、お義母さんからこういうものを頂いとります」

叔母さんが黒エプロンのポケットから取り出したのは一通の通帳だった。不思議そうに通帳を開いた叔父さんの顔から赤みが引いていく。

「よ、四百……⁉　こ、これをオフクロがお前に渡したっち言うんか。わしが金を貸してくれち頼んだとき、そんなもん無いっち言うたんやぞ。これだけあれば、三萩野《みはぎの》の施設に手をかけられたやないか！」

「新しい人生を拓《ひら》く助けにせえ、って繭が就職したときに頂いたと。どうしようかと持ってたままやった。お義母さんは何度だって『遠慮するな』っち言うてくれたんに」

夫の震える手から取り上げた通帳を、大事そうにポケットに仕舞った叔母さんの目から、涙が零れた。

「嫁に来てからは本当の娘だと思うてた。娘の不幸を喜ぶ親はどこにもおらんのぞって。いまここで……お義母さんの前できちんとしたところを見せんと、顔向けできん」

「ばあちゃんは、父さんにずっと言ってたよね。数恵を大事にしろって。いつからか耳を貸さんくなって、ばあちゃんを避けるようになったよね。母さんはいつもここに会いに来てたよ。どっちが本当の子どもなんやろうね。ばあちゃんはどっちが、かわいかったやろね」

恵那が加勢して、叔父さんが「黙っとれ！」と睨みつける。しかし恵那は一向に怯《ひる》まなかった。「あたしも、帰るつもりはないけん。ここで暮らしたらいいってばあちゃん言ってたし、おじちゃんたちもこれからも全然構わん、て。なあ、おじちゃん？」と父に水を向ける。

離れた席で様子を見ていた父は、それに黙って頷いてみせた。いつもなら酔った勢いで諍《いさか》いごとに口を挟むのに、珍しい。さすがに、弟夫婦の離婚問題には簡単に割って入れないのだろうか。

叔父さんがわなわなと震えて、叔母さんと恵那に指を突きつける。

「ふっ、ふざけんなよ、お前たち。そんなこと、おれは許さんからな」

「わたしも恵那も、あんたの援助なしで自立するだけよ。あんたに許されなきゃいけないことは、何ひとつない」

涙を拭って、きっぱりと叔母さんが言い、叔父さんがぐっと唇を噛んだ。

くいくいと服の裾が引かれ、見ると数人いた祖母の知り合いたちが「帰るわね」とそっと囁いた。嘘！　まだ弔問客がいるのにこの騒ぎを始めたわけ⁉

ああ、どうしてわたしの家は、いつもこうなんだろう。どこかまともじゃなくて、みっともない。

母とふたりで、外まで見送りに出た。気まずそうにしているひとたちに、お恥ずかしいことで申し訳ありません、と何度も何度も頭を下げた。

彼らの姿が見えなくなったころ、母が大きなため息をついた。玄関扉に手をつき、もう一度息を吐《は》く。

「大丈夫？　お母さん、今日、こんなに忙しくて透析に行けたの」

「もちろん。行かないと、死んじゃうもん」

前髪のほつれを手で直す母の手首はとても細く、埋め込まれた内シャントが目立つ。

母が人工透析を始めて、もう四年ほどだろうか。昔はふっくらとした体つきだったけれど、すっかり細くなった。年のわりに豊かな黒髪のお蔭か窶《やつ》れた様子はないけれど、それでも老いた。祖母があまりに元気だったから忘れかけていたけれど、母もじゅうぶん、年を重ねているのだ。

「……ねえ、スロット行くのもいい加減にしないと。体に良くないよ」

長生きできないよ、と言うと母は不思議そうな顔をして、それから笑った。

「長生きできんけん、好きなことしとるんやないの」

「え？」

「ばあちゃんが言ったんよ。これからは好きなことだけしんさい。あんたの人生はひとより短くなるかもしれんけん、後悔のないように好きなことだけしい、って」

いいお姑さんやったよねえ、と母は嬉しそうに言った。数恵さんも言うてたけど、嫁を実の娘みたいに可愛がってくれたもん。ありがたいわあ。

そう言えば、母がスロットに熱中しだしたのは透析を始めてからのような気もする。もともと好きではあったけれど、それでも月に数回行く程度のことだったのだ。

「さあ、とりあえず中に入って喧嘩を仲裁しなきゃ……あら？」

家に入ろうとした母が首を傾げる。その視線を追ったわたしは、息を呑んだ。

門扉に吊るされた御霊灯の灯りの隣に立っていたのは、新大阪駅で別れたはずの章吾だった。

「章吾……？　どうして、ここに」

章吾が口を開こうとする、そのとき。章吾の後ろから洵くんが飛び出てきて、「恵那に会わせてください！」と叫んだ。

「おれが全部悪いとです！　恵那に会わせてください。ばあちゃんに、謝らせてくださぃ！」

意味が分からなすぎて混乱する。どうして、章吾と洵くんが一緒にいるのだ。そして洵くんはどうして、泣いているのだ。

「あらら。こりゃちょうどいいかもしれんねえ。いまね、恵那ちゃんと勝弘さんが喧嘩になっとるんよ。洵くん、行ってやって」

「妊婦なのに喧嘩⁉　し、失礼します！」

涙を拭って、洵くんが家の中に駆けこんでいく。すぐに、「いまごろ何しにきやがった！」と叔父さんの怒鳴る声がした。

「うあ、お母さん。いまあの場に洵くんを入れたらダメだったんじゃないの」

「え、そんなことないでしょう。蒴くんもいるし」

そう言っている間に、何かが倒れるような大きな音と恵那の悲鳴が聞こえた。母が顔つきを変えて家に駆け戻り、わたしも後を追おうとしてしかし足を止める。振り返ると、見間違いでも幻でもない、喪服を着た章吾がいた。少しだけ申し訳なさそうに、でもどこか困ったように笑いかけてくる。

「ごめん、来てもた」

迷惑やんな。灯りでほんのりオレンジ色に染まる顔に、胸がぎゅうと痛くなる。

「なんで手を上げるんよ！　父さんのバカ！」

背後で、恵那の涙混じりの声と子どもたちの爆発するような泣き声が響いた。ああ、いまは章吾と話ができるような状況じゃない。

「話は、あと。とりあえず、入って」

ともかく止めなくては。慌てて和室に向かった。

どうやら、萠が殴られたらしい。通夜ぶるまいのテーブルの下で、煮物まみれになってのびているのを母が介抱している。恵那は泣き喚く子どもたちふたりを抱きしめ、仁王立ちする叔父さんの前に叔母さんが立ちふさがる。少し離れた場所で、洵くんが額を擦りつけて土下座していた。

「おれが全部悪かったんです！　どうか、恵那と夫婦でいさせてください！」

「そんな情けない真似するくらいならどうして浮気なんてすんだ、馬鹿野郎。カカアに逃げられてもいいっちいう覚悟もねえなら浮気すんじゃねえ！　恵那、お前は亭主にこんな情けねえ真似させるんじゃねえ」

叔父さんが言い、叔母さんが「じゃあ、あんたもその覚悟があって遊んでたんやろね」と返す。

「それならわたしが出て行っても、何の問題もないでしょ」

「それとこれとは違うだろう！　女は黙ってガマンを」

叔母さんの胸ぐらを摑んだ叔父さんが、頰を殴ろうとする。そのハゲかけた頭をぺちんと叩いたのは、父だった。

「落ち着かんか、カツ坊。母さんの前でみっともねえ真似すんな。数恵さんも、熱くなりすぎちょう。ちょっとふたりで外出て、話しあってこい。若いのは、おれたちが見るけんよ」

　とても静かな、しかし怒りの滲んだ言い方に、ふたりがはっとする。それから叔母さんが「すみません……」と消え入りそうな声で言った。叔父さんも、泣きじゃくる孫と母親の柩《ひつぎ》を交互に見てバツが悪そうに俯いた。

「出て行け、とりあえず。な？」

　父が促すと、ふたりは大人しく出て行った。引き戸が静かに開閉する音を聞いた後、父が洵くんに「ほら、いいぞ」とやさしく声を掛ける。土下座したままだった洵くんが顔をあげ、「恵那、ごめんなさい」と深々と頭を下げた。

「本当に、ごめん。言い訳やけど、飲みに行っただけやけん。ほんとうに何もしてない。でも、そんな問題やないよな。おれがしたことは、最低やった」

　母が萠を起こし、台所に連れて行く。ふらついていた萠が「お前らもおいで」と声をかけると、涙で濡れた一樹と大樹は大人しくついていった。小さな背中ふたつを見送った恵那が「どうして急に謝ろうと思ったん」と訊く。息抜きに飲みにいくことの何が悪いって開き直ってたやん。ぶくぶく太って、ふうふう息吐いてるのが気持ち悪いって、もう女として見れんち言ってたやん。それが急になんなん？　お義母さんたちにでも叱られた？　そんなんであたしは許さんよ！

　捲《まく》し立てる恵那に、洵くんが首を横に振る。それから、スマホを取り出して差し出した。

恵那に「メール見て」と言う。訝しそうにスマホを操作した恵那の指先が止まった。

「……ハルってこれ、ばあちゃん？」

恵那が画面を何度かタップする。スマホから、泣き声が響いた。さっきの一樹と大樹の声に似ていて、わたしは思わず近づいて恵那の手の中のスマホを覗き込んだ。

ママ、ママぁ。カズがダイちゃんのたまごやきとったぁ！　ちがうもん、これカズちゃんのだもん！　ねえママ、たまごもっと食べたいよお。

それは我が家の茶の間を映した動画だった。手も顔もご飯粒だらけの子どもたちが喧嘩しながらご飯を食べている。恵那はそのいちいちに応え、『じゃあたまご焼いてくるけん、待っとき』と大きなお腹を抱えて立ち上がる。大樹が泣いて後を追い、恵那は苦しそうに、しかしちゃんと抱きかかえて頭を撫でる。ちょっと待っとき。美味しい玉子焼き作ってやっから。一樹も、待ちな。ママのぶん、食べとっていいけん。

動画が終わり、恵那の指先が動く。祖母から洵くん宛にメールがいくつも送られていて、それには全て動画が添付されているらしかった。

次の動画は、薄暗い部屋だ。常夜灯がちらちら動くから、夜の室内だろうか。大樹の泣き声がする。はいはい、怖い夢見たかなあ。ダイジョブだよお。ママ、ここにいるよー。眠たそうな、でもどこまでも優しい恵那の声がして、布団から這い出るような音が続く。立ち上がった恵那が大樹を抱っこして、背中をトントン叩いて寝かしつけようとしている。

『恵那、ばあちゃん代わろうか？』

祖母の小さな声がし、恵那が『ごめん、起こした？』と言う。あたしの子やけん、ダイジョブ。さあ寝ようねえ、ダイ。大好きだよ、また明日遊ぼうねえ。重たそうな体を揺らして、恵那がふうふう息を吐きながら囁く。大好きだよ。

「おれ、それ見たら本当に申し訳なくなった。おれ、あいつらのために夜起きたことないもん」

洵くんがうなだれる。ばあちゃんから、毎日届いとった。謝りに来いとかそういうのは一切なくて、ただ送ってきて。でもおれ、うぜえなち思って見もしなかった。でもばあちゃんが亡くなったち連絡きて、初めてそれ全部見て、それで……。

堪らなくなって会いに来たのだと、洵くんは額を床につけた。

「二度としません。一度だけ、おれにチャンスを下さい」

スマホの画面をじっと見つめていた恵那は、強く目を閉じた。それから時間をかけて、「いいよ」とゆっくりと言った。ここにおばあちゃんがいたら、きっと「そうしてやってよ」って言ったと思う。だから、今回だけは、いいよ。

洵くんが「ありがとう」と涙を拭う。それから柩に向かって頭を下げた。ばあちゃん、ごめん。ばあちゃんが生きている間にしなきゃいけんかったのに。ごめん。

「パパぁ？」

おずおずと声がして、見れば一樹と大樹が襖の隙間から顔を覗かせていた。洵くんが「おいで」と手を広げると、ふたりとも嬉しそうな顔をして駆け寄って行く。

「おそいんだよう、パパは」

「大ばあばが今日はぜったいくるよってまいにち言ってたのに、いっつもこないんだもん」

洵くんが子どもたちを抱きしめて「ごめん」と謝る。本当に、ごめんな。

無意識に滲んでいた涙を拭い、恵那を見る。恵那はスマホを見ながら「すげ、ばあちゃん」と小さく笑った。

「盗撮されてたん、全然気づかんかった」

「スマホ、使いこなしてたもんね」

顔を見あわせて笑う。恵那の目尻も光っていた。

「ほんで、あんたはどちらさんですか。母の知り合い、でしょうか？」

父の声がして、はっとした。見れば、部屋の端に所在無げに章吾が立っていた。すっかり忘れていた。

「お……ぼくは、清陽さんとお付き合いをさせていただいています」

はじめまして、と章吾が頭を下げ、父が「うひゃ」と変な声を出した。

「このようなときに来るのも失礼かとは思ったのですが、おばあさまに最後にお目にかかりたくて」

すみません、と章吾がもう一度頭を下げ、顔を真っ赤にした父がわたしと章吾を交互に見る。あまりに赤いので、深酒をしているのだと思う。さっきの叔父夫婦の仲裁に入ったときには感じなかったけれど、やはり酔っているのだろう。ああ、どうしてこんな状態が初対面なのだ。あまりにも最悪すぎる。

父が口を開く。怒鳴り声か、下品な物言いか、思わず身構えて目を閉じた。

「それは、わざわざこんなところまでありがとうございます。母も喜ぶと思います」

父はとても冷静に言った。一瞬聞き間違いかと思って目を開けると、恥ずかしそうに頭を搔いて、「騒がしい通夜で驚かれたでしょ。すみませんなあ」と続ける。

「すぐ片づけますけえ。洵くん、ちょっと手伝ってくれんかい。恵那はええよ、ゆっくりしとき。清陽、座布団持ってきてくれ」

「う、うん。すぐやる」

一体、どうしたことか。片づけながらさっきまで父が座っていた席に目をやる。愛用しているちろりとぐい呑みがある。お酒を飲んでいるはずなのに、と首を傾げながら荒れた室内をどうにか整えた。

「いつも騒がしい家なんです。たいしたもんはないですけど、まあどうぞ」

和室には、わたしと両親、章吾だけになった。恵那たちは茶の間に移動して話をしているようだ。萌の「暴力オヤジ、いつか反逆してやるけんな」という物騒な声がした。

「お酒飲めますか？　ビールでいいかしら。お父さんは？」

母が訊くと、父は「おれはこれでいい」とちろりを指す。

「日本酒ですか。ご一緒させてもらっても？」

章吾の言葉に、父はわたしをちらりと見て、それから「いやいや」と俯いた。

「これはね、お湯なんで」

え、と声が出る。お湯？　父は俯いたまま続ける。

「おれは酒が好きやけど、弱いとです。それで半年くらい前にこの子を怒らせてしまって、あそこのばあさんにそりゃ叱られたとですよ。清陽はもう二度と帰って来んかもしれんし、好いたひとも連れて来てくれんち言うて。嘘じゃろち思ったけど、本当に連絡ひとつ寄越さんくなった。焦りました。でも、おれも九州の男なんで、うまく謝ることができん」

父は頭をつるりと撫でる。お酒を飲んでいないのに、薄くなった頭頂部まで赤い。ほんで、どうしたもんかと思うておったら、ばあさんが『酒をやめろ』ち言うんですよ。酒やめたら清陽は帰って来る。あたしが絶対に清陽を呼び戻してやるって。そこまで言うのならじゃあ賭けようかってことになって、禁酒したんですわ。はは、可笑しい話でしょ。

章吾が「楽しい、おばあさまだったんですね」と言い、父が頷く。

「ええ、とても面白いひとでしたよ。会ってほしかった……会わせたかった、かな」

どこまでも穏やかな父の言葉が、わたしの胸を締めつける。どうしてわたしは意地になってしまったのだろう。この目の前の光景を、祖母が生きている間につくることもできたのに。

泣きそうになるのを、ぐっと堪えた。

それから母がビールとグラスを運んできて、わたしは章吾と父のグラスそれぞれに、ビールを注いだ。

「いいんか、清陽」

「一杯だけね」

父はグラスを掲げて「賭けはおれの負けじゃ」と笑った。

＊

ふたりで話がしたいと言って、家を出た。小学生のころの通学路を何となしに歩く。トリカワと呼ばれて泣いて帰った道だ。やわらかな海風が頰を撫でた。

「昼間は、ごめんね。わたしすごく嫌な言い方した」

「まあ、ムカついたな。でも、家族が亡くなって動揺してたってこともんな」

手の甲が触れ、そのまま手を繫ぐ。やさしい温もりに包まれる。

「それもある。でも、わたし、家族を章吾にうまく紹介できそうになかったんだ」

小さな情けない理由だ。わたしは結局何も成長できていないままだったのだ。よその家と自分の家を見比べてはショックを受ける子ども。そのせいで、大事なひとに大事なひとを紹介できなかった。

「ああいう身内がいますって、どうにも恥ずかしくて言えなかったんだ。情けないね」

「いいひとたちやんか。洵くんやっけ？　彼のことはおれわりと好きやで。素直や」

洵くんは門扉の前で立っている章吾に話しかけ、わたしの恋人と知るや一緒に中に入ってくれと懇願したのだという。謝りたいけど怖くて入れないんです！　と縋られたところでちょうど、わたしと母が表に出てきたのだと章吾は楽しそうに言った。

家を出がけに茶の間に声を掛けたら、洵くんはせっせと萠の肩を揉んでいた。洵くんの浮気心のせいでオレが殴られたと憤る萠の機嫌を取っていたのだ。その横では恵那と子どもたちがニコニコと笑っていた。

「あと、あれ。可愛い写真貼ってたなあ」

「見たの⁉」

「ぶさいくかわいい。あれをずっと飾ってるセンスはええな」

茶の間は少し覗いただけなのに、馬に泣くわたしの写真まで見ていたなんて。

「清陽は子どもの時分からお父さん似やな。声は、お母さん似。恵那ちゃんにもどっか似てるなあ。姉妹でも通るわ。ああ、おれ、みんな好きやな」

「……ありがと。でもまだちょっとしか話してないし、これから呆れることもあると思う」

「そうかもしれへんな。けど、大丈夫やと思うで」

章吾が言い、わたしは隣を見上げる。章吾は、わたしが子どものころに通い詰めた駄菓子屋『三浦屋《みうらや》』の古い看板に目を向けていた。三浦屋のおばあちゃんはわたしの祖母の友達で、わたしを見ると『ハルやんの孫ちゃんにはこれあげよ』とポケットから飴玉をふたつくれた。ハルやんと一緒にお食べ。三浦屋はもうずいぶん前に閉店したけれどあの飴玉の甘さが鮮やかに蘇る。

「清陽の言葉やしぐさ、考え方の端々にあのひとたちがおるんや。パーツみたいなもんかな。おれはそういうパーツでできた清陽が好きやねん。やから、たとえ嫌なことや呆れることがあっても、でもこのひとのどこかにおれの好きな部分も絶対あるんやなあって考えるようにするだけ。それだけや」

言葉を失って、それから、好きだなあと思った。そして、わたしはわたしのことを全部認めて受け入れてくれるからこそ、このひとを好きになったのだと思い出した。

「ああ、おばあちゃんに章吾を会わせたかったな。紹介したかった」

哀しくなって呟くと、「おれ、会ったかもしれんで」と章吾が返す。

「新大阪出て、いったん清陽の部屋に戻ってん。ほんで荷物纏めて帰ろうとしてたら寝室の方で音がしてな。何やろなと思って部屋覗いたら、これがひらひらーって床に落ちてん」

章吾が葉書を取り出した。今朝、チェストの上に置いたのは覚えているけれど、落ちるようなところに置いていただろうか。

「あなたのしあわせな顔を見せてちょうだい、って文字が目に飛び込んできて、ああこれおれが行かなあかんの違うかなって思ってん」

おれが行かな、清陽のしあわせそうな顔見せられんやろ。章吾は恥ずかしそうに、でもどこか確信めいた口調で言った。わたしは溢れた温かな思いを、笑いに変えて零す。

「それ、あんまりにも自信家すぎない？　でもそれは確かに、おばあちゃんが章吾を呼びに来たのかもしれない」

「せやろ。絶対そうやと思って、気付いたらこれ持って新幹線乗ってた。早かったで、おれの動き。この喪服なんかな、小倉駅の駅ビルで買うてん。さらの新品や」

誇らしげに葉書を掲げ、むん、と胸を張ってみせる章吾に「靴も？」と訊く。

「当たり前やん。でもこれはあかんかった。実は靴擦れしてんねん」

今度は情けない顔になる。ころころと変わる顔に笑っていると、ころりと涙が出た。一粒、二粒、転がり落ちていく。章吾がやわらかく目を細めた。

「……わたしね、おばあちゃんっ子で、おばあちゃんが大好きだったの。いまも、大好き」

うん、と章吾が言う。

「とても元気なひとで、子どものころはおばあちゃんと唐揚げの大食いレースとかしてたんだ。ひとには言えなかったけど、でもすごい楽しくて」

「うん」

「そしてね、おばあちゃんの作る……すき焼きが大好物だったの。うちのすき焼きね、鶏肉で作るんだ」

「へえ、旨そうやん。タマゴと食ったら親子丼みたいでええな。食いたいな」

そうでしょ、と言う声が少し詰まる。ああ、こんなにも簡単なことだったのだ。

「あ。あれ、清陽のおじさんたちやない？」

章吾の指差す方を見れば、叔父さんと叔母さんが歩いていた。並んで歩いている背中を見送る。

「離婚、するのかなあ」

大人しい叔母さんがあそこまで感情を露《あら》わにして怒鳴ったのを見たのは初めてだった。もう関係修復は難しいかもしれない。どうやろなあ、と章吾が言う。清陽のおばあちゃん、どうも策士のような気がするで。なんやうまいこといって、明日の葬式には、あのふたりも笑顔でおるんとちゃうか。

そうだったらいい。祖母はもしかしたら、自分の家族の問題をすべて解決して亡くなったのかもしれない。そう思いたい。

「清陽」

呼ばれた気がして、振り返る。したり顔の祖母が笑っていた、気がした。

「ただいま」

章吾の手を強く握って、思いきり笑ってみせた。

ばばあのマーチ

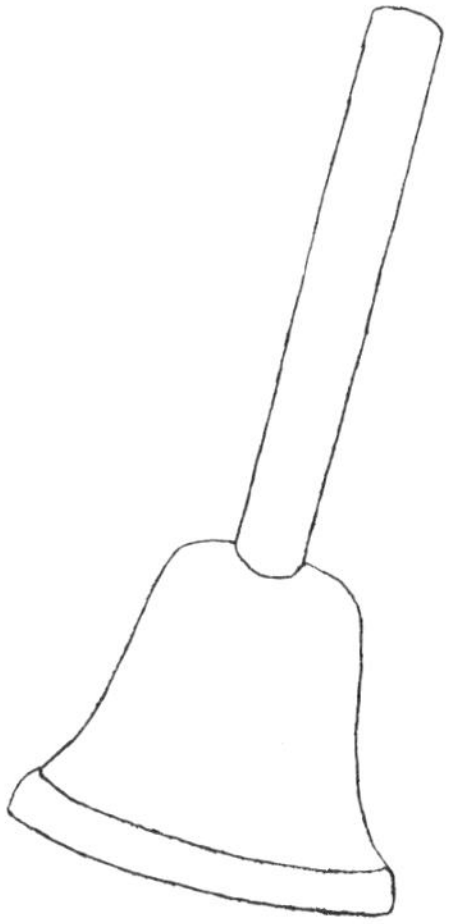

ファだけ欲しいと言ったら、怪訝な顔をされた。その緑色のファだけ、欲しいんです。もう一度繰り返すと、わたしより年上に見えるお姉さんは箱の中の色とりどりのベルを指して「セット売りなの」と困ったように眉尻を下げた。

「これ、八音揃ってるの。ファだけなくなったら残りが売れなくなっちゃうから」

「あ、あの、これって、全部で三千円ですよね？　お金はちゃんと払うんで、ファだけください」

早口で言って、財布からお札を三枚抜いて突きつける。お姉さんは隣の友人らしきひとと顔を見合わせてからわたしをちらりと見る。心臓の辺りが冷たい手でさっと撫でられたような気がしたけれど、気付かないふりをしてお札を「ん」ともう一度突き付けてみせる。お姉さんは諦めたように頷いた。

お金と引き換えにベルを受け取る。わたしの手に渡った瞬間、ベルが小さく鳴った。胸が高鳴る。

「わ、わがまま言ってごめんなさい！」

思いのほか大きな声になってしまったけれど、ともかくお詫びをして、逃げるようにしてその場を去った。

彼女たちが見えなくなる位置まで行ってから、ほっと息を吐いて歩き出す。そうしながら、ベルを振る。うつくしいファの音が響いて、思わず声を出して笑った。あ、やっぱり瀬戸《せと》さんの音だった。

瀬戸さんとは、小学四年生のときのクラスメイトだ。あの当時ですでに身長が百六十を越していて、モデルのようなすらりとした体軀をしていた。すっと伸びた背中が、背が低くて小太りで猫背だったわたしの目に、とても眩しく映った。

秋の音楽会でハンドベル演奏を行ったとき、瀬戸さんの担当がファだった。同じ音を担当した子は他にふたりいたけど、瀬戸さんの音は抜きんでてきれいだった。ふだんよりもしゅっと背を伸ばし、観客席の奥をじっと見つめ、最高のタイミングで緑色のベルを振る瀬戸さん。弧を描くその手の動きさえも、すばらしかった。ふざけてベルを振り回しては先生に叱られたり、適当に振る他の子たちと、一線を画していた。わたしは確か黄色だったと思うけど、どの音だったか全然覚えていない。彼女に瞳を奪われっぱなしで、満足に自分のパートすらこなせなかったことだけは、何となく記憶している。

しかし、気晴らしの散歩中にフリマ会場を見つけたのは、偶然ではないと思う。こんな風に過去の音に巡り合えるなんて、きっとそうそうない。これは彼女との縁が繋がったってことで、瀬戸さんともう一度出会ったり……なんて一瞬考えたけど、彼女はいま地元で自宅警備員をしていると噂で聞いた。閉店間際のスーパーの惣菜コーナーで半額シールが張られたきなこおはぎをじっと見ていた彼女を目撃したというのは、実家の母。『あの噂は本当ばい。がりがりに痩せとって、あれじゃ働くなんて無理よ。あんまり可哀相やけん思わずおはぎを買ってあげたくなったっちゃ』とやるせなさそうに言っていた。運動神経抜群で、将来は体育の先生になりたいと言っていた彼女とわたしが道を違えたのは高校進学のとき。それから一度も会っていないから、彼女に何があったのか分からない。きっと、大変な何かがあったんだろう。

「嫌なこと、思い出しちゃった」

ベルを鳴らして、小さく笑う。わたしの中での瀬戸さんはいまでも四年生で、凛としたまだ。あのときの憧れの気持ちだけ、覚えていればいい。

ベルを鳴らしながら歩いていると、首から掛けたスマホが震えた。恋人である浩明《ひろあき》からの着信で、「はいはい」と出てみればすぐに『いま何してる?』と訊かれた。

「いま?　散歩中。たまたまフリマやっててね、それで」

ハンドベルの話をしようと思ったのに、浩明は『ハロワは行った?』と鋭く問いを重ねてくる。

「え?　あー、ハロワは、行ってない、です」

『どうして?』

「や、なんかそういう気力がなくて。ほら、いま工場の人手が足りなくて忙しいって言ったでしょ」

わたしは、街はずれのお菓子工場で働いている。十八時から、一時間の休憩を挟んで翌日の三時まで、三角ケーキのてっぺんにイチゴやチョコレートスティックを載せる仕事だ。プラスティックのケースに二ピースずつ収まったケーキが、ベルトコンベアでごうんごうんと運ばれてきて、その上にひょいひょいと載せていく。

工場は日本語の拙《つたな》い海外出身のひとや訳ありっぽいひとが多くて、彼らはときどき前触れもなく、ふっといなくなったりする。一週間前に、気さくで優しかったマエノさんというおじさんが、二日前にはヴィエラという榛《はしばみ》色の瞳の女の子が来なくなったばかりだった。

『だから、早く転職しろって言ってるんでしょうが』

浩明がため息を吐く。

『未来もなければ可能性もないのに、激務。一刻も早く辞めるべき職場なのに、香子《こうこ》は危機感がなさすぎる』

のんびりと歩いていたわたしは、日陰に入ってふっと足を止める。足元にはぐちゃぐちゃに踏み荒らされた濡れた落ち葉が広がっていて、そういえば昨晩は雨だったっけ。

『香子が大変な思いをしたのは、知ってるよ。辛さだって、理解できないわけじゃない。でも、そんなところで立ち止まることをぼくは認めない』

つま先で葉っぱを蹴っていた足が止まった。

浩明は、正しい。出会ったときから、正しく強いひとだった。

大学一年のとき、わたしは学習塾でバイトを始めた。小学校中学年のクラスを受け持ったのだけれど、子どもたちに舐められ、保護者からは『もっとしっかりしたひとを』とクレームを受けた。どうしていいのか分からなくて焦っていたわたしを助けてくれたのが、指導係でありふたつ年上の浩明だった。自信家で芯があって、子どもたちに対して常に誠実であろうとする浩明は塾長や保護者たちからも信頼されていて、そんな彼にわたしが憧れを抱くのは当然至極のことだった。そして憧れはあっさりと恋心に変わった。アピールをして決死の思いで告白をして、付き合うことになったときにはどれだけ嬉しかったか知れない。付き合いだしてから最初のお正月、ふたりで初詣に行ったときには金欠だというのに五百円も奮発して神様に祈った。彼にふさわしい女になれますように！　と。

「がんばらない、とは思ってないよ」

葉っぱを蹴って、言う。頑張ろうとは、思ってる。このままじゃよくないって、自分が一番分かってる。でも、足が動かない。まず、ハローワークがおしゃれな複合施設の中にあるのがよくない。髪も爪も肌もきちんと手入れされた、華やかなひとたちが溢れているし、高そうな洋服やアクセサリーがぎらぎらしている。そこにわたしみたいな女が混ざると、水に油を垂らしたみたいにきっぱり浮いてしまう。それでも必死にハロワまでたどり着いても、今度は受付の女性の態度が怖い。事務的といえばその通りなのだろうけど、最低限のことだけ応対して、あとは無視されるのだ。ひとと喋るとわたしは極度に緊張するようになっていて、声が掠れたり言葉が詰まったり、うまく伝えられない。それに彼女は苛立ってしまうのかもしれない。何か尋ねると大袈裟にため息を吐かれて『あそこに書いてます』と館内表示を指差されて、おわり。ハローワークに足を向けようとした途端、それらのことがわっと押し寄せてきて、ぞっとしてしまうのだ。

「がんばりたいんだよ、わたしも」

『じゃあ、ちゃんと行動しようよ。まず、転職活動を本格的にすること。前の会社を辞めてから、もう一年半なんだよ？　空白期間は一日でも短いほうがいい』

「空白？　工場で、働いてるよ」

『申し訳ないけど、それは職歴としては意味がないと思う』

まったく申し訳なさなど滲ませずに浩明が言い、わたしは口を噤《つぐ》む。

工場の仕事は、ネットで見つけてネットで申し込んだ。五分で登録、合否はメールで届きます、という簡単なもので、わたしには天恵のようなシステムだった。工場は従業員同士のなれ合いがなく——コミュニケーションを求めるひとがいない——仕事だけしていればいい。口を閉じて仕事をこなすだけでありがたがられる。浩明は『未来がない』『意味がない』と言うけれど、わたしは『明日もある』『価値を作ってくれる』場所であると思っている。

黙りこくったわたしに、浩明は『聞いてる？』と問うてくる。

「聞いてる、けど。工場の仕事は、いまのわたしに合ってて」

『それって、わたしなんかにはこういう仕事が合ってるって意味？　いい加減被害者気分を捨てようよ』

どこかから、石焼き芋を売るトラックが近づいてくる。おじさんのだみ声が遠くから迫ってくる。いぃしやぁき！　いもぉー。焼き、のところでこぶしを利かせている。

「被害者気分、って」

つい声を荒らげそうになって、やめる。浩明になら、言われても仕方ないのかもしれないと思った。だから、「ごめんなさい」と言い直した。

『謝らないでいい。ぼくもいま、キツイ言葉を使ってしまった。でも、香子のためだってこと分かってくれるよね』

それは、分かってる。浩明の声の向こうは賑やかそうで、腕時計を見れば十二時を少し回ったところだ。仕事のお昼休憩にかけてきてくれているのだ。お昼ごはんよりもわたしを気にかけてくれたやさしさも、気遣いも分かる。

「ごめんなさい」

『責めてるわけじゃないって。でもさ、ほんとうに、頑張ろうよ。ぼくだって手助けするよ』

浩明の声が、丸くなる。

『ぼくは、君が仕事をばりばりこなせる活動的なひとだって知ってる。それこそが君のほんとうの姿だってこともね。だからこそ、燻《くすぶ》ってほしくないんだ』

「浩明の気持ちは、嬉しい。でも、わたしもわたしなりに」

『でも、とかそういう言い訳に繋がる言い回しはやめよう』

言葉を遮られ、唇を噛む。押し黙ったわたしに浩明は『ああ、そうそう。用件を忘れるところだった。今度の土曜日さ、夕飯を一緒に食べよう』と誘ってきた。

『会って話したいこともあるしさ。火鍋なんてどう？　香子、好きだったでしょう。会社の子に、美味しいっていうお店も紹介してもらったんだ』

「……分かった」

たまたま、その日はシフトが入っていない。だから問題ないのだけれど、わたしがその日仕事の可能性があることも考えてほしかった。でも、それを言ったあとの浩明の反応を想像すると、言わないほうがいいと思って、黙る。

お店の場所はあとでメッセージ送るから、と言って浩明は電話を切った。わたしはスマホから手を放し――スマホはだらんとおへその上あたりで揺れた――小さくかぶりを振った。

大学卒業後に入社した会社で、いじめに遭った。どうしてそんなことになったのか、いまも、何度思い返しても分からない。ただ、入社して一年近くが過ぎたある日突然、同じ課のひとたちから無視されるようになった。飲み会の日程も、重要な伝達事項も、わたしにだけ知らされない。それでいて仕事だけは押し付けられて、満足に仕事をこなせていないと叱責された。

耐えきれなくなったころ、上司から声を掛けられた。上司はふた回り年上の既婚男性で、物腰の柔らかいひとだった。いまの君の社内での状態についてゆっくり話が聞きたい、と言われたとき、涙が溢れた。やっと、誰かがわたしを助けてくれるとほっとした。

終業後に『静かなところがいいと思って』と〝隠れ家〟だかをテーマにしているというジャズバーに連れていかれた。店はどこか仄暗く、間接照明がいくつもの暗がりを生み出している。しっとりと視線や会話を交わし合う客たちと自分たちを比べて一瞬違和感を覚えたものの、そんなことどうでもいいことだと頭を切り替えてわたしは必死に状況を話した。上司は熱心に耳を傾けてくれていたけれど、グラスの数に比例してボディタッチが増えていった。期待している反応と似ていて、しかし決定的に違うものがある。戸惑っていると、上司がぐいと体を寄せてきた。

『これからはおれが守ってあげるよ。おれが傍にいれば、誰も香子ちゃんをぞんざいに扱えないよ』

突然のファーストネームに、頭が真っ白になった。指輪が光る左手が太ももを這い、『香子ちゃんも、そのほうがいいでしょ』と酒臭い息がかかるくらい近くで囁かれる。え？

え？　たしか高校二年生の娘さんがいる父親で、毎週奥さんとトレッキングに出かける愛妻家だったよね？　脇に置かれたバッグには、奥さんの手作り弁当の空箱が入ってるよね？

パニックになっていたわたしの耳輪を、湿った唇が掠めた。そのとき、何かのスイッチが入ったのだと思う。気付けば、『やめてください！』と悲鳴まじりの声を上げてしまっていた。

『わたし、不倫がしたいわけじゃないんですけど！』

小さくジャズが流れている静かな店内で、わたしの声は驚くくらい通った。雰囲気が乱れ、周囲の目が向けられる。宙ぶらりんになった手をぱっと下げた上司はすっと息を吸い、『勘違いさせたのなら謝るよ』と静かに声を張った。

『職場の状況改善をしたいという思いだったんだ。すまないね』

丁寧に頭を下げた上司は『騒いですみません』と困惑した様子の店のスタッフにも困ったように笑いかけた。

『働きやすいようにと手を貸そうとしたら、踏み込みすぎだったようだ。いや、難しいもんですね』

頭を掻いて照れたように言う上司に、壮年のスタッフは合点のいった顔をしたのち、笑いかけた。

もしかして、これはわたしが悪い流れなのではないか。見事に切り替わった空気に戸惑っていると、上司は『すまなかったね。今日はもう解散しよう』と帰り支度をし『明日から、自分の思うようにやってみなさい』と言い置いて、さっさと帰って行った。わたしを一瞥もしなかった彼が怒っているのは明らかで、彼に恥をかかせたわたしは切り捨てられたのだと分かった。

毎日誰かに叱られて頭を下げる日々。同僚たちは遠巻きに眺めては、喜劇でも観ているように笑っていた。心が耐えきれなくなったのは半年後のこと。退職願いを出して、あっさりと受理された。勤務最終日、荷物を纏めて帰ろうとしたわたしに件《くだん》の上司が言った。

『君は〝被害者〟のつもりだろうが、職場の雰囲気を悪くしていた〝加害者〟だよ。勘違いするんじゃないよ』

物分かりのいい上司の顔で微笑んで、しかし目だけは笑っていなかった。

『多数に嫌われているんだ。非がどちらにあるかなんてすぐに分かるだろう』

黒い瞳がどろりと揺れた気がした。わたしが加害者？　わたしのせいでみんなが辛かったの？　呆然とするわたしに、上司は『さっさと去りなさい』と吐き捨てた。

それ以来、ひとが怖くなった。うまく喋れなくて、誰かと対峙するだけで——コンビニのレジですら——全身から汗が噴き出て心臓が早鐘を打つようになった。ちょっとの会話も、わたしにはぞっとするほど緊張が強いられる。

スマホが震えて、我に返る。浩明からのメッセージで、火鍋専門店の位置情報を知らせる内容だった。

『ぼくの名前で予約してあるから、早く着いたら中で待っているといいよ』

手際のよさは相変わらずで、『ありがとう』と返信する。既読がついたのを確認して、電源を落とした。

いじめの件も、上司のことも、浩明に相談した。浩明はその度に憤ってくれたけれど、『君にも非はある』と必ず付け足した。

『どこかに必ず原因となったものがあるんだよ。いじめなんてものはもちろん許されることじゃないが、君にも付け込まれてしまう原因があったことは忘れてはいけない。上司のことがいい例だ。店に入る前に、状況がおかしいと察しなきゃ。大声を上げるなんて悪手もいいとこさ。もういい大人なんだから、自分の言動には注意を払わないと』

浩明は正しい。わたしにも非があるだろう。例えば、わたしは空気を読めないところがあるし、感情が高ぶると声が大きくなる傾向がある。また、昔からの友人たちからは『誰とでも合うタイプじゃない』とよく言われた。万人受けしないということは、嫌われる可能性もおおいにあるということだ。

自分なりに改善を試みたけれど、でもそう簡単に状況は変わらない。わたしはいつの間にか自分自身に期待できなくなった。

でも、完全に見限っているわけでもない。浩明がわたしを気にかけてくれているのは、わたしを信じてくれているからだ。わたしが昔のように社会の中でしっかり働ける人間だと思っているからこそ、厳しい言葉だってかけてくれる。それに、いまのわたしには浩明以外まともにコミュニケーションをとれるひとがいない。浩明しか、いない。

「そう。だから、大丈夫」

土曜日は、思いきり火鍋を食べよう。唐辛子もパクチーも山盛りにして、健康的な汗をだくだくかいて、何ならビールも飲む。ああ、そういう楽しみを励みにして、頑張ろう。せめて、ハロワには行っておこう。

背負っていたリュックにベルを押し込んで、わたしは「よし」と小さく気合を入れてみた。

火鍋は、とても美味しかった。ラム肉が柔らかく、特製のごまだれによく合う。転職してから食費を節約しているわたしには久しぶりの贅沢な食事で、何度も「美味しい」と声が漏れた。

食事も終盤になって、浩明が「結婚」という言葉を出した。〆のラーメンを啜っていたわたしはどきりとする。十九歳のころから付き合い出して、六年が過ぎた。いずれはそういう話が出るのかもしれないけれど、それはまだまだ先のことだと思っていた。

「つい先週、同僚が結婚してさ、式に参列したんだよね。なかなかいい式で、だから、ぼくもそういうことを考えなくちゃいけない時期が来たんだなと思ったわけ」

ビールを舐めながら、浩明が言う。勝手に心臓がどきどきし始めたわたしは「う、うん」と返事を返す。声が上ずっていた。

「それでさ、香子の心構えを確認しておかなくちゃな、と」

「こころがまえ？」

「そう。君はぼくに依存して生きようとは思っていないよね？」

箸でつまんでいた麺が、するすると滑り落ちた。

「ぼくは、香子と結婚したいと思ってる。子どもだって、三人は欲しい。香子と賑やかな家庭を築きたいんだ。でも、いまの時代は夫婦共働きでないと生きていけないだろう？　子どもにじゅうぶんな教育を受けさせようとすれば、そのぶんお金もかかる。妊娠、出産のときは別としても、香子もきちんと働いて、ぼくと一緒に家計を担ってほしいんだ」

件の同僚の妻は、区役所に勤める公務員なのだという。浩明はそれを「理想的」だと言い、「哀しいかな、男の収入だけで悠々自適に暮らせた時代はもう終わったんだ」と続けた。

「それで、もしも……もしもの話だけれど、香子がぼくと結婚したあとは専業主婦として家庭におさまればいいとか、お気楽なパートでお茶を濁せばいいとか考えているとしたら、大間違いだと言いたかったんだ。君はぼくとの結婚を人生の逃げ道にしようなんて下らないこと、考えていないよね？」

下から掬い上げるように、浩明がわたしを見る。口角は持ちあがっているけれど、その目の奥はちっとも笑っていない。ほんのりとかいていた汗が、すっと冷えていった。

「け、結婚を逃げ道になんて、考えたことなかったよ？　ていうか、結婚自体、まだ考えてなかった」

　ほんとうに、ただの一度もない。わたしはわたしがどうしたら昔のような自分に戻れるのか、そのことばかり考えていた。

「そりゃ、いつか結婚したいなってことくらいは思ったこともあるよ。でもそれは、生活の面倒を見て欲しいとかそういう意味じゃない」

　一緒に食べる朝ごはんや昼下がりの散歩、夜更かしをして観る映画。やさしい時間に楽しい記憶の共有、哀しみを分け合って寂しさを和らげ合う。そんな他愛ない想像ばかりだった。

　あからさまにほっとしたように、浩明がため息を吐いた。わたしにやさしく笑いかけてくる。

「そっか、そうだよね。打算的なひとではないと思っていたけど、それでもやっぱりちゃんと気持ちを聞けて嬉しいよ。けど、それはそれでどうかと思うな。考えが甘い。女性には子どもを産む適齢期がある。それにさっきも言ったけど、ぼくは子どもは三人は欲しいんだ。香子は、いち早く状況を変えていかなきゃいけないんだよ。のんびりしてる暇なんて、ないんだ」

　だんだん、混乱してくる。わたしはもっともっと焦らなくちゃいけないらしい、ということだけは分かった。

「これからは、先のことをもっと真剣に考えてくれると嬉しい。ぼくは、君との未来をちゃんと考えてるんだよ」

浩明はそう言って、わたしの手をぎゅっと握った。ラーメンは急に味がしなくなって、器の中で静かに冷えていった。

それから浩明の部屋に泊って、セックスをした。わたしは浩明の求めることをして、浩明の腕を枕にして眠って、朝早くに起きて朝食を作った。ごはんと味噌汁、出汁巻き卵というシンプルなもの。それを浩明は喜んで食べてくれて「早くこういう毎日を送りたいね」と言った。わたしはそれに、微笑んで答えた。

食後にもう一度セックスをして、昼ごはんのツナと大葉のパスタを作り、片付けをしてから浩明の部屋を後にした。とぼとぼと歩きながら、昨晩の会話を反芻する。セックスの最中も、眠りのはざまも、卵焼きを巻いているときも、パスタを茹でているときも繰り返していた。昨晩の会話が、あのときの目が、頭からどうしても離れなかった。

浩明は、どこかでわたしを見下している。わたしを好きだと言いながら、わたしを信用していない。対等に、見ていない。

そう思われてしまったのは、前の会社を辞めてから浩明の望むように生きられていないから、だろうか。でも、そんなにもわたしはダメなのだろうか。社会人として、許されないのだろうか。昨日、夕飯は浩明が奢ると言ったからありがとうと受けたけれど、ちゃんと支払えるお金は持っている。退職したことで、浩明に金銭的な迷惑をかけたことだってない。

「なんか、もやもやするな」

澄んだ初冬の空を見上げて、独りごちる。

先輩と後輩、新人と指導係というかたちで出会ったからか、わたしたちは最初からどこか対等ではなかった。浩明は尊敬できるひとだし、わたしの方が未熟なことも多いから気にしていなかったけれど、いま、その関係が明らかにおかしくなっている。このまま、浩明と付き合い続けていいのだろうか。

なんて、別れることなんてわたしは選べないのだけれど。浩明と別れてしまったら、受け止めきれないほどの寂しさが襲ってくるだろう。六年も一緒にいたひとだ。その喪失感は間違いなく大きい。そして、欠けた存在を補おうにも、わたしには浩明以外に親しいひとがいない。実家のある北九州にはなかなか戻れないし、親を心配させてしまうかもと思うと、うまく連絡もできない。大学のころの友人たちとは前職の問題以降うまく付き合えなくなって、だんだんと疎遠になってしまった。浩明がいなくなれば、わたしはほんとうに孤独になってしまう。

「わたしって、弱すぎ」

はあ、とため息を吐くと、前方にのそのそと歩く背中があるのに気付いた。真冬でもないのに、古くて分厚い毛布みたいな焦げ茶のコートをしっかり着て、足は黒のゴム長靴。汚れた綿菓子みたいな髪。個性的なそのひとは、後ろ姿でも見間違えようがない。

「オーケストラばばあだ」

思わず、呟く。歩いているところ、初めて見たかもしれない。

ばばあの足取りは、とても遅い。まさに、牛歩。わたしはその後ろをそっと追いかけた。辿り着いたのは、小さな平屋建ての一軒家だった。築何年かも分からない古い家は、ばばあの家だ。この家に、半世紀以上前からひとりで暮らしているという話。

ばばあは玄関を素通りして、裏庭の方に歩いていった。わたしはその背中を見送ってから、裏手に回った。

広くない庭には数えきれないほどの食器――ラーメン鉢やペアのグラス、ウェッジウッドのティーセットや瓦のような陶器皿が半円状に置かれている。比較的新しいものから、いつのものとも知れない古臭いデザインのものまで、様々だ。ばばあは半円の内側に座り込んだかと思えば、食器たちを見回す。濁った眼をぐりぐりと動かしたのち、コートのポケットから箸を一本取り出した。

指揮者よろしく右手に箸を掲げたばばあは、瞑想でも始めるようにそっと目を閉じた。近くでぴるる、とうつくしい鳥の鳴き声がして、声に誘われるように空を仰ぐと小さな影が上昇していくところだった。

チィン、と甲高い音が響いた。はっと顔を向ければ、かっと目を見開いたばばあが大きなガラスボウルに箸を振り下ろしていた。チィン。それを皮切りに、ペースが上がる。チン、チン、カァン、ボコ、チン、シャン。左手はリズムを刻むように宙を優雅に舞い、箸は手当たり次第に周囲の器を叩いていく。

ばばあの日課の、食器叩きだ。初めて見たときはとても驚いた。どう見ても、奇行なのだから。

ばばあは、雨の日も風の日も休まず、一日一回こうやって食器を叩いている。もちろん、リズムもメロディもない。規則性もなく、子どもが手当たり次第に物を叩いて遊んでいるような感じ。しかしばばあは、指揮者よろしく情熱的に、箸を振るう。その顔つきも指揮者のそれだ。辛そうに眉根をぎゅっと寄せてみたり、穏やかに微笑んでみたり。怒っているようにみえるときもある。ばばあ本人は、めちゃくちゃ感情を乗せているのだ。そして、この夥《おびただ》しい食器の数。一体どこから運んできたのだろう。燃えないゴミの日とかに、拾って来るのだろうか。前にテレビで、捨てられたものを拾ってきては家に溜めるゴミ屋敷の住人の特集を見た。ばばあもそういう癖を持っているのかもしれない。それも多分、食器だけに反応するような。何しろ、庭先を見回せば食器しかないのだ。唯一違うものといえば、端っこに置かれた、蓋付のコンテナくらいか。あれにも食器が詰まっているのかもしれないけど。

一風変わったばばあだけれど、これが意外と問題視されていない。老人で体力がないせいか眉を顰《ひそ》めるほどの大きな音ではないし、長時間でもない、そして個人の私有地内で収まっているのがその理由だ。ばばあは一日の内のほんの束の間、自分の家の庭先で食器を鳴らしているだけで、それ以外に変わったことをしない。コンサート以外はひっそりと生活しているのだ。だからか、周辺住民はみんな慣れたもので、チンカンチンシャン鳴っていても、素通りしていく（もちろん、わたしも）。どころか、『オーケストラばばあ』なんて名前をつけて呼んでいるくらいだ。

この老婆についてわたしに教えてくれたのは、南《みなみ》さんだった。わたしが新入社員として働く気力に満ち溢れていたころ——新しいマンションに越して、近くを散策していたわたしは偶然、いまのように庭先で箸を振っているばばあに遭遇して立ち尽くしてしまった。もしかして、ここって治安の悪い土地だったのだろうかと呆然としていると、大丈夫大丈夫、怖いひとじゃないよ、と話しかけてくれたのが南さんだった。ばばあは毎日ああやっていて、それは『定期コンサート』なの。きっとすぐに慣れるよ。八重歯を零して笑う彼女は、わたしと同じ大学の卒業生だった。

昔から憧れていたという絵本の編集者をやっていた南さんはわたしより八つ年上で、『ザ・都会のデキる女』という雰囲気のひとだった。彼女の洗練された服装や小物使いのワザ、食事のときのうつくしい所作なんかをチェックしては、いつかわたしも南さんのような女になろうと思った。面倒見が良くて、優しくて、彼女はわたしの理想そのものだった。

チンチン！　音に引き戻されれば、箸がガラスのタンブラーを連打していた。二匹の猫が伸びをしている可愛らしいデザインのタンブラーに一瞬閃くものがあって、しかしその理由が分からなくて首を傾げた。いまの変な感覚は何だ。

そんなわたしに気付いているのかいないのか、ばばあは食器を叩き続ける。適当に叩いているようだけれど、彼女の中では全ての食器を鳴らすというルールだけはあるように思う。どの食器もまんべんなく、離れた場所の食器にも腕を伸ばして箸を振るっている。

しばらくして、オーケストラばばあの定期コンサートは大きな山場もなく静かに終わった。肩で大きく息をついたばばあが箸をポケットにしまったから、終わりということなのだろう。ばばあはぐるりと食器たちを見回して「うむ」と頷くけれど、スタンディングオベーションもなければアンコールもない。本当に、何が楽しくてこんなことをやってるんだろう。

「あんた、何の用だい」

ばばあがわたしの方を見ずに言う。バレていたらしい。わたしは慌てて「ごめんなさい」と謝った。つい、最後まで観てしまっていたのがいけなかったか。ばばあは「まあいいけど」ともぐもぐと口ごもって、億劫そうに腰を上げた。彼女が機敏なのは、コンサート中だけだ。

のそのそと半円から出てくるばばあは、もうわたしのことなど気にしていないようだった。ゆっくりと家の中に入っていこうとする。

「あのう」

背中に声を掛けると、玄関扉に手をかけたばばあが振り返る。その顔にはどんな感情も窺えなかった。コンサート中はあんなにも感情豊かなのに、それ以外はいつも無表情だ。何となく呼び止めてしまっただけだったわたしは、咄嗟に何て言うべきか考える。

「えと、あの、なんで、あんなことしてる、んですか」

ばばあは表情を動かさずに答える。分かんない子に説明してやる義理はないよ。


部屋に戻ると、キッチンに向かった。冷蔵庫からミネラルウォーターのペットボトル、水切りかごの中からハシビロコウの柄のマグカップを取り出す。水をなみなみとカップに注ぎ、一息に飲み干した。

こちらをクールな目で見つめてくるハシビロコウを眺め、これは付き合い出した当初に浩明からもらったんだったなと思い出す。何回目かのデートで訪れた動物園で、わたしがハシビロコウに一目ぼれしてしまって、そんなに気に入ったなら、と浩明が買ってくれたのだ。浩明は自分の分も買って、だからわたしたちの部屋にひとつずつあったのだけれど、浩明の部屋のハシビロコウは最近見かけなくなった。多分、割れたのだろう。昔だったら訊けたし、また買いに行こうと言えたのに、いまのわたしは訊けないでいる。

カップのふちをなぞる。このハシビロコウはずっと、わたしの傍にいる。浩明が初めて泊まりに来た日も、浩明と喧嘩した夜も。就職活動に必死だった毎日や、採用通知が届いた日。初出勤の朝にはこのカップでコーヒーを飲んで、いじめを受けているときにはあったかいハーブティーを淹れた。

「やっぱ、別れられないよねえ」

ハシビロコウに言う。やっぱ、無理だよね。だってずっと傍にいてくれたんだもん。ちょっと違うかも、ちょっともやもやするかも、なんてことで別れられないよ。最初に変わってしまったのは、わたしだもんね。

語りかけながら、ふっと思い出した。オーケストラばばあの庭先で見た猫柄のタンブラー。あれは、南さんが愛用していたものだ。尊敬している作家さんから、初仕事を無事に終えたときに記念に頂いたのだと、嬉しそうに笑っていた。先生オリジナルの非売品で、私の宝物なの。憧れていたひとと物を作りだせる喜びを忘れないために、毎日使ってるんだ。そう言って大切に触れていた。彼女の部屋に遊びに行ったときに何度も見たから、見間違えたりしない。どうしてそれが、ばばあの庭先の朽ちた食器たちの中に紛れているのだ。

南さんは、わたしがいじめに遭いはじめたころに、東北の実家に帰った。

「いまの時代、地方住みであることは仕事のデメリットにはならないと思ってる。私はどこでだって頑張れる」

どういう事情があったのかは、分からない。心機一転のつもりだったのか、彼女は長い髪をばっさりと短くした。露わになった耳は子どものような薄桃色をしていて、彼女の意外な部分を見た気がした。陶器のような肌感にくっきりとしたアイラインが特徴だった美女メイクをやめてすっぴんになった彼女はさっぱりした顔つきで「香子ちゃんも、頑張って！」とわたしの背中をぽんぽんと叩いた。あたたかな手のひらに押されて、わたしも「はい！」と笑顔で答えた。頑張って、いじめなんて乗り越えてやる。そんな風に思った。

わたしは彼女の荷造りも手伝って、タンブラーはやわらかなタオルで丁寧に梱包されたのを見た。だからあのタンブラーは南さんの手元にあるはずだ。なのに、どうして。

いてもたってもいられなくなって、わたしはカップを置いて、家を飛び出した。

ばばあの家まで走り、チャイムを鳴らす。ブー、とブザーのような音が奥で響いているのが分かるけれど、しかし反応がない。出かけたのだろうか。悪いことだと分かっていながらもわたしは庭へ回った。輪を描いている食器たちを見回し、目当てのものを探し出す。拾い上げたタンブラーはやはり、南さんが使っていたものだった。埃と泥で汚れているものの、ヒビひとつ走っていないタンブラーを眺めながら、これは彼女が意思を以て手放したものだと思う。くすんだ猫と、彼女の顔が重なる。南さん、どうして。

「なんだい、あんた。また」

声がして振り返ると、いつの間にかばばあが立っていた。濁った目がぎょろりと動く。

「勝手に触るんじゃないよ。それはあたしんだよ」

「目、ちゃんと見えてるんですか」

驚いて思わず言う。ばばあの目は灰色に濁っていて、機能を失っているように見えるのだ。失明している、という話も聞いていた。はっきりと見えているとは思いもしなかった。そんなわたしに、ばばあは面白くなさそうに鼻を鳴らし、もう一度「触るなって言ってるだろ」と顔を顰《しか》めた。

「こ、これ、知り合いのものなんです！」

タンブラーをぐいと突き出す。知り合いの、とても大切なものなんです。だからほんものかどうか確認したくて。ばばあは当たり前の顔をして、頷いた。

「なんだ、そんなこと。あんたに言われなくったって知ってるよ」

のそりのそりと歩いてきたばばあは、わたしの手からタンブラーを取り上げ、親指の腹で表面を撫でる。猫の上の埃が拭われた。

「だから、あたしが受け取ったんだ」

ばばあは定位置の、食器の中央に腰を下ろした。コートの裾でタンブラーを丁寧に拭い、ふっと息を吹きかける。

「最後まで、あたしが面倒見るんだよ」

「面倒って、ただ乱暴に叩いてるだけ、でしょ」

呆れて、思わず独りごちる。あれだけ叩いていたら繊細なものならすぐに割れてしまう。

どうせ破片だらけだろうと見れば、不思議と割れたものや破片はどこにも見当たらなかった。首を傾げると、「欠片《かけら》なんて残さないよ」とばばあが言う。見抜かれてる。

「壊れたらおしまい。思い出が成仏するんだ」

意味が分からない。何を言ってるんですか、と訊こうとして、オーケストラばばあがどうしてそう呼ばれるようになったかを思い出した。

『若いころ、〝キズモノ〟にされたんだって。それで決まっていた縁談も何もかもダメになっちゃって、ひとりで生きてるんだって』

そう教えてくれたのは、やっぱり南さんだった。何がどうとか、具体的には全然分かんないんだけどね。分かってるのは、ずーっとあの家で独り暮らしだってことだけ。まあ、私もマンションの先住のひとから聞いただけだから、信憑性は定かじゃないよ。ただね、その話が本当なら、あの目も。

「その目、婚約が破棄になったときにショックで失明したってほんとうですか」

訊くと、灰色の瞳が動いた。揺らぐようにわたしを捉える。ばばあは面倒くさそうにため息をついた。

「嘘だね。少しは、見えてるよ」

なんだ、と軽く息を吐くわたしにばばあは続ける。婚約破棄ってのは、合ってるけどね。

ぞんざいな口調で、しかしやさしい手つきで南さんのタンブラーを元の場所に戻した。

「あたしのせいじゃない。あたしは何も失ってない。なのに、キズモンだの何だの好き勝手言って、挙句に不良品を返品して何が悪い、ときたもんだ。怒りやら哀しみやらで、体中の血液が沸騰したのさ。まるで、感情が煮え湯になって、内側でぐつぐつ揺れてるみたいだった。そしたら、目ん玉が煮えちまったんだよ。朝になったらすっかり世界が変わっちまった」

くつくつと笑う声は、枯れている。カエルの干物みたいだなと思った。初夏の田舎のあぜ道でよく見かけた、地面に張り付いたかりかりのカエル。何もかも失って、殻になったあれによく似た笑い声だ。

「母親が、あたしの嫁入り道具にってたくさんの食器を支度してくれてた。萩焼の夫婦茶碗に香蘭社の銘々皿。マイセンのティーセットは、そりゃあ綺麗なもんだったねえ。ブルーオニオンがぱっきりと鮮やかでさ。でも、ぜーんぶ、だめになった」

ばばあの周囲の食器を見る。これらは、よくよく見れば、泥のついた漆塗りのお椀や、ティファニーブルーのカップといった高級そうなものも紛れている。わたしの考えていることが分かったのか、ばばあは透かし模様の入った葡萄柄の皿を取り上げた。ほこりを拭って、「あのときのものは、もうないよ」と言う。あたしの思い出は全部終わった。何も残ってないよ。その声もまた、カエルだった。

ばばあは皿を戻し、今度は湯飲みを拾い上げる。ぽんぽん、と撫でるように泥やごみを払い、また次の食器を取り上げる。

「大事に、してるんですね」

本心だった。感心すらしてしまう。ばばあは「あるんだね」と皿に視線を落としたまま答えた。

「あんたにも」

意味が分からなくて、首を傾げる。わたしにも、ある？

「たいていの奴は、通り過ぎていく。酔狂なばあさんだと眉を顰める。でもね、足を止める奴には、あるんだ。ここに置きたいもんが」

「置きたいものが、わたしに？」

ぐるりと、庭を見回す。

「ま、ないならないでそれでいいんだけど。いい加減、お帰り」

虫でも追いやるようにばばあが片手を振り、わたしは「あ、の、ええと、失礼しました」ともごもごと言って、その場を後にした。

ぴゅう、と冷たい風が吹いて、街路樹をかさかさと揺らす。風の匂いがだんだんと冬を濃くしていく。わたしは首にかけたままのスマホを取り、探しているひとの番号を呼び出した。

彼女とは、あれ以来一度も連絡を取っていない。わたしが、自分のことだけで精一杯だったから。数回メールが届いていたけれど、返信もできなかった。

躊躇《ためら》った末に、コールする。一回、二回、三回。数を数えていると留守電に切り替わった。事務的なアナウンスを聞きながら、すぅ、と息を吸う。でも、何をどう言えばいいのか分からない。南さん、こんにちは。香子です。あのう、突然ですが、猫のタンブラーがばばあの庭にあるんですけど、どうしてですか？　脳内で言葉を組み立ててみるけれど、しかしうまく音にはならない。ああ、あんなに慕った南さんでさえ、わたしは喋られなくなったのか。

情けなさに襲われて、涙が出そうになる。

「ご、ごめ、ごめんなさい」

どうにか謝って、通話を切った。ため息を吐いて、空を見上げる。あの場に置きたいものがあるとしたら、わたし自身かもしれない。こんなわたしなんか、庭でそっと朽ちていくほうが、いいのかもしれない。

仕事が終わったあとは、帰ってすぐに布団に潜り込む。昼夜逆転してしまうと転職したときに困ると浩明に言われたから、いつも十時には起きるようにしているのだけれど、この日は七時過ぎにチャイムが鳴って起こされた。

こんな時間に訪ねて来るひとなどいないはずだけれど、誰だろう。寝ぼけながらベッドから這い出て、インターホンのモニターを覗いたわたしは、思わず「え」と声を漏らした。画面の向こうに、南さんが立っていたのだ。

「み、み、南さん⁉」

急いで玄関に走り、ドアを開ける。そこには、ほんとうに南さんがいた。

「久しぶり。突然来て、ごめんなさいね」

片手をひょいと上げてにっこりと笑う彼女は、最後に会ったときと同じ笑顔だった。

「出勤前に顔だけでも見られたらいいなと思って、夜行バスに乗って来たのよ」

にこにこした彼女に「え、っと、あの、あの会社は、辞めて」とのたのたと言う。

「え、そうなの？　じゃあ時間あるのかしら？　お邪魔しても大丈夫？」

どうしてここに、急に、南さんが……？　戸惑いながらも、わたしは頷いた。

「昨日、電話くれてたでしょう。留守電の声の様子がおかしかったから、どうしても気になって」

椅子に腰かけた南さんが、「あ、これうちの地元の揚げまんじゅう。美味しいのよ」と紙袋を渡してくる。

「あ、りがとうございます。えっと、コーヒー淹れますね」

「わ、香子ちゃんの淹れてくれるコーヒー美味しいのよね。よろしく」

キッチンで支度をしながら、南さんを見る。昔のように寛いだ様子で部屋を見回して、「私のあげたリトグラフ、まだ飾ってくれてるんだ」「あれ、これハンドベル？　やだ、懐かしい」と声をあげる。

「触っていい？」

「あ、どうぞ」

ミルに豆を入れて、挽く。豆を挽くのは、わりと好きだ。無心でいられるから。ぐるぐるとハンドルを回していると、「それで、何があったの？」と南さんが訊いてきた。

「……何があったの、と、言いますと」

「私とあなたの仲で、ごまかさないでちょうだい。何かあったから、電話をしてきたんでしょう」

ハンドベルを手にした南さんがキッチンへ来て、わたしの顔を覗き込んでくる。

「部屋が、前よりくすんでる気がする。あなたも、哀しそう。どうしたの」

リィン。彼女の手の中で澄んだファが鳴り、わたしの鼓膜を揺らした。とたん、涙が溢れた。

「あの、あの」

驚いて、声が出て、そしてそれはすぐに嗚咽に変わった。

手の中からミルが滑り、音を立てて床に落ちる。わたしは南さんに抱きついて、泣いた。何で泣いているのか、分からない。いま、泣く理由なんてないはずだ。だけど、涙が出て仕方なかった。わんわん声をあげて泣いて、そんなわたしを南さんは黙って抱きしめてくれた。

「二年近く、連絡くれなかったでしょう。やっと電話がかかってきたと思えば、様子がおかしい。いつも元気ではきはき喋る香子ちゃんが、ごめんなさいしか言えないんだもん。ここで行かなきゃ絶対後悔すると思ったの」

わたしが泣き止んだ後、わたしの代わりにコーヒーを淹れてくれた南さんが言う。

「なんて、最近身軽に移動できるようになったからなんだけど。こないだまでは無理だったわ。三日前にね、実家の父が施設に入所したの」

南さんが実家に戻ったのは、脳梗塞の後遺症のあるお父さんの介護をするためだったのだという。

「母は私が大学のころに他界してるの。ふたつ上に兄がいて、兄は仙台に家庭を持ってる。兄夫婦も父も、自由気ままにひとり暮らしをしている娘を介護要員にって思ったのね。酷い話でしょう？」

不満げに頰を膨らませてみせて、南さんは「まあでも、親だしね。誰かがしないといけないことだし。文句言っていても仕方ないと思って戻ったわけ。それに、父の介護をしながら仕事をやればいい、って最初のころは気合もいれてた。でも、なかなか思うようにいかなくて。打ち合わせはオンラインで参加できても、取材の同行は難しい。介護に休憩はないから、仕事の方で折り合いをつけなくちゃいけないときもあった。それでとうとう、木部《きべ》先生に『女は仕事が中途半端になるから嫌なんだ』って言われて、担当降ろされちゃったの」

木部先生、というのは南さんが憧れていた作家だ。

「死ぬほど辛くて情けなかったけど、中途半端だったのは事実なのよね。両立できるものじゃなかったんだよね。それで、仕事を諦めた」

フーフー、とカップに息を吹きかけながら南さんが続ける。

「介護に邁進しようと頑張ってたんだけど、うちの父って八十キロを超す巨漢なの。私は見ての通り、中肉中背の文系タイプでしょう。介護するにも限度があるのよ。そうしたらね、実家近くに介護施設が新設されたの。話を聞いてみるとなかなか素敵なところで、父もころっと『プロのほうがよっぽど楽だ』なんて乗り気になってあっさり入所してくれた。それが三日前ってわけ。だから、すごくいいタイミングだったの。これって奇跡かもね」

ふふふ、と笑いかけられて、それに微笑んで応えようとしたわたしだったけれど、頬が引き攣《つ》っただけだった。

「やっぱり、南さんは強いですね」

思うように笑えない片頬に手を添える。

「わたしは、そんな風に笑えない」

ぽつぽつと、これまでのことを話した。いじめのこと、上司のこと。会社を退職後は工場で働いてどうにか踏ん張っているつもりだけれど、先が見えないこと。ときどき声が上ずって、詰まって、涙が滲んだけれど一所懸命話した。南さんは黙って耳を傾けてくれて、そして最後に「がんばってきたんだね」とわたしの背中を撫でた。

「すごいじゃん」

「すごい、ですか」

「そうだよ。あのね、私の方こそ、香子ちゃんのことを強いと思ってるんだよ」

背中を撫でながら、南さんが言う。あなたは誰よりも強い、私のヒーロー。

「ヒーロー？　わたしがどうして」

あまりにかけ離れたイメージで思わずぷっと吹き出すと、「ほんとだよ」と南さんは当たり前の顔をする。

「私が死にかけたとき、助けてくれたじゃん」

「え？　ああ、もしかしてあの冬のことですか？」

南さんと出会った年の、いまごろのこと。南さんから、『風邪ひいちゃった！　わりと高い熱が出てしんどい』というメールが届いた。だからわたしは経口補水液やアイスクリーム、ヨーグルトと小さく切ったリンゴをタッパーにいれたものなんかをドアの前まで差し入れて『支援物資のリクエストがあったら言ってください』と返信をしていた。このころにはわたしたちは友人のような関係になっていて、お互いの部屋を訪ねてはたこやきパーティや鍋祭りを楽しんでいたのだ。

ただの風邪だと南さんは判断して病院にかかっていなかったのだが、これがよくなかった。

具合は一向によくならず、なかなか治らないな、と思っていたある日の夜中『もう動けない』と泣きながら電話がかかってきた。

『香子ちゃん、どうしよう。私死んじゃうかも。怖い』

いつもは冷静な南さんが子どものように泣きじゃくり、焦ったわたしが救急車呼びましょうか!? と返すと、『こんなことで呼んだらほんとうに困っているひとに申し訳ない』とますます泣く。熱に浮かされてしまっているのだ。埒が明かないと思ったわたしは一番近くの救急外来対応の病院を調べ、南さんの部屋に走った。

結果、南さんはインフルエンザが悪化して気管支炎を発症しており、入院を余儀なくされた。南さんはあれからしばらくはわたしのことを『命の恩人』だなんていう風に呼んだ。

「あれは、病院に連れて行っただけですよ」

「だけ、じゃないよ。覚えてる？　自転車に私を乗っけて走ったの」

「ああ」

キンと冷えた夜だった。わたしに抱きついている南さんは湯たんぽよりも熱くてガタガタ震えていた。

『振り落とされないように、がっちり抱きついててください！』

片手でハンドルを握り、お腹のところで組まれた彼女の手にもう片方の手をしっかり重ねて、わたしは必死でペダルを漕いだ。

「あのとき、綺麗な夜空だった。星がきらきらして、息が雲みたいに生まれて流れていって。死ぬかもしれないって恐怖に晒されていたのに、腕の中には圧倒的な命のパワーがある。告白するとね、私あのとき恋人と別れてとても孤独だったの。自分がすごくちっぽけでくだらない存在のように思えて、ちょっと気を緩めたら消えてしまいそうな気がしてた。でも、そうじゃないいんだって感じたの。わたしはこれだけ必死に命を繋ぎとめてもらえるんだって、信じられたの」

ふふ、と南さんがやさしく微笑む。

「介護してるときも、仕事を辞めたときも、香子ちゃんの背中を思い出したのよ。私のために必死な背中や温もりを思い出すだけで、大丈夫って思えた。私にはいざとなったら真夜中に自転車で爆走してくれるひとがいる、って」

「ばくそう、って」

ははは、と笑おうとして、代わりに零れたのは涙だった。両手で顔を覆う。

わたしには、記憶の隅に転がっていた些細《ささい》な思い出だった。取り立てるほどのものではない、小さな思い出。それが、誰かの背中を支えている強さがあったのか。

「だから、いつかもし香子ちゃんから連絡があったら何があっても駆けつけようって思ってた。私にも、自転車漕がせてよ」

「……どこに連れてってくれるんですか」

手の中で呟くと、南さんは「さてねえ、どこに行こうか」と微笑む。

「とりあえず、お散歩でも行こうか。ああそうだ、私のタンブラー、元気かな」

「あ！　あのタンブラー！」

ぱっと顔を上げると、「知ってるの？」と南さんが驚いた顔をした。


南さんとふたりでばばあの家に行くと、ちょうど『定期コンサート』が開催されていた。

南さんがくすりと笑い、わたしも「ほんとだ」と笑う。ばばあの右斜め辺りに南さんのタンブラーを見つけた。

「今日もノッてる」

「木部先生に『女は』と言われたとき、大事なものが砕けた気がしたんだよね」

チャカポコチンチン。リズミカルな音と、南さんの言葉を聞く。

「女は、ってこれまでの人生で何度言われたか分かんない。小さなころは大人たちから。大人になってからは、いろんなひとから。女はこんなに学歴はいらない。女はもっと男を立てろ。数え切れないほど言われて、でも『あーはいはい。またですか』ってさらっと受け流してきたつもりだった。でも、木部先生からの『女は』はショックだった。そこに性別は関係ないでしょう？　私の仕事ぶりに怒ったのなら、私という人間を叱ればいい。でも『女』という大きな括りに放り込んでしまうんだなって思うと、呆然としてしまった。これまでの積み重ねとか、思い出とか、これまでとても大切だったもの全部が、私を押しつぶそうとしてきた。それがあんまりにも苦しくて、だからあのタンブラーを消し去りたくなった。でも、自分の手ではうまく手放せそうになかった」

チィン！　ふちが金色の丼が高らかな音を奏でる。ばばあは満足そうに深く頷いた。

「大切だった分だけ、簡単に捨てられない。それで、ここを思い出したのよ」

ガラスが割れる音がして、はっと我に返る。見れば、ばばあの近くのワイングラスが砕けていた。

ばばあは箸をしまい、重たそうなからだを「よいしょ」と持ち上げた。それから、大きく割れたグラスや破片を拾い集めはじめた。全部拾うと、庭の端のコンテナに近づいて蓋を開ける。そこに、丁寧な仕草でワイングラスを入れた。あれは、割れた食器を入れていたのか。つい前のめりになって見てしまう。全ての破片を入れたばばあが、やさしく声を掛ける。

「あんたの役割は、もうおしまい。もう、なかなくていいんだよ」

おつかれさま。そう言って、ばばあはゆっくりと蓋を閉めた。

「ああ、そういうこと」

すとん、と胸に落ちるものがあった。

「香子ちゃん、分かった？　分かったひとだけがここで立ち止まるし、ここに持ってくるものがあるのよ」

「南さんは、それでここに」

「そう」

ばばあがまた半円の中に入っていく。わたしと南さんは黙って、コンサートに耳を傾けた。

＊

ハシビロコウのカップを持って来たわたしを見て、ばばあは大きなため息をついた。

「自分でどうにかできないのかい」

「わたし、北九州の実家に帰ることにしたんです」

南さんとたくさん話をして、『家族に相談しなさい』とアドバイスを受けた。

『あなたは愛されて、大事にされて育ってる。香子ちゃんのまっすぐさや素直さは、しっかりと手をかけて育ててもらったからこそのものだと思う。そんなご両親ならきっと、あなたの問題をしっかりと考えて受け止めてくれるはずよ。心配させるなんて、と思うかもしれないけれど、子どもからヘルプを出してもらえなかった辛さのほうが、ご両親を苦しめる』

南さんの見守る中で実家に電話をかけ、洗いざらい告白をした。母はショックだったのか最初こそ泣いたけれど、『こっちに帰っておいで。こっちで頑張ったらいいっちゃ』と明るい声で言った。

『お母さん、そっち行く。あんたの部屋の荷物を片付けて、それで東京観光して一緒に帰ろう。あたし、東京タワー登りたいんよ。北九州の人間はさ、やっぱりスカイツリーよか東京タワーばい。オカンとボクと時々オトンよ』

電話の向こうで、父が『わしは時々かい』と言う声がして母が『そうばい』と笑う。懐かしい団欒が響く。

『……わたし、帰って、いい？』

『なーん。当たり前やろうもん。ほんで、元気になって、もっかい東京で頑張りたいと思ったときには行けばいい。東京やなくても、どこでも行ける元気を取り戻さんと』

母は気丈に励まし、それを近くで聞いていた南さんも『ほんとう、その通りだ』と微笑んだ。

けれど、浩明とは別れることになった。

『どうして恋人であるぼくに相談がないわけ？　ぼくは君と結婚を考えていると言った。いわば、プロポーズだよ。それなのに、どうして』

『ここにいても、わたしはうまく立ち直れそうにないの。ごめんなさい。それで、あの』

しばらくは遠距離になるけれど付き合っていたい、そう言おうとしたのだが、浩明は『呆れた』と吐き捨てた。

『もしかして、いやもしかしなくても、悠々自適な結婚生活が期待できそうにないから、実家に寄生することに切り替えた、としか考えられない。君はそんなに考えの甘いひとだったのか！』

激高した浩明は、わたしの弁明に一切耳を傾けてくれなかった。わたしの考えがいかに浅はかで自立心がないかと一方的に捲し立て、しかし最後にぽつりと『女ってのはずるいよな』と言った。

『ぼくは……男はそんな風に逃げられない。まっとうに生きようとすればするだけ、責任が求められる。君みたいに簡単にギブアップできないんだ』

絞り出すような言葉だった。声があまりに弱くて、それは、真面目な浩明の本心なのだろうと分かった。

『浩明、ごめんなさい！』

頼りない声を聞いて、気付いた。浩明の中にあった焦りや辛さを、わたしは吐き出させなかったのだと。もしわたしが浩明と対等な存在だと胸を張れたら、彼もそう認めてくれたら、そしたら彼はわたしに弱音を吐いてくれただろう。そんなことに、わたしは彼を傷つけるまで気付けなかった。

『ごめんなさい。確かにわたし、浩明に甘えてたんだ』

浩明にも浩明の戦いがあったはずだ。何の問題も悩みもないひとなんて、どこにもいない。辛い日も、情けないこともあっただろう。でもわたしは自分のことばかりに意識を向けて、そんなことを考えもしなかった。わたしは彼の強さに、無意識に依存していたのだ。

『浩明は強いひとだと思い込んでたの。強くて悩みなんてないと、ばかみたいに信じてたの。ごめんなさい、ごめんなさい』

情けなさに涙が零れる。浩明に釣り合うような女になりたいと願った日もあったのに、わたしはいつの間にか傲慢になっていたのかもしれない。

『……もう、いいよ。ぼくたちは、互いが求めている助け合いができなかった。助け合いのための会話も、きっと足りていなかった。それだけだ』

さよなら、と電話は切れて、わたしの未熟な恋愛は幕を閉じた。

「お願いします、これを、あの食器たちの中に置いて下さい」

このカップに、カップにある思い出に支えられた日々がある。思い返せば、浩明との日々は楽しくて、しあわせなことばかりだった。そんな思い出の象徴を捨てることもできないし、自分で割ることもできない。かといって、連れていくこともできない。

「お願いします」

差し出して、頭を下げる。長い沈黙の後、ばばあはわたしの手からカップを取った。顔を上げると、ばばあは「こりゃ頑丈そうだ」と再びため息をついた。

ばばあは食器たちの中央にハシビロコウのカップを置き、定期コンサートを開始した。わたしはそれを、塀の傍に座って見ていた。

やはり、演奏なんてものではない。めったやたらに箸を振り回して器を叩いているだけにしか見えない。この演奏の意義は分かったつもりだけれど、しかし大きな感動の波に押しつぶされそうにはならない。むしろ、ハシビロコウのカップが当たり前に叩かれてチンチン鳴っているのを見ると、わたしは一体何をやってるんだろうとすら思う。

だけど、これらは思いを乗せた音なのだ。わたしだけではない、南さんや、見知らぬ誰かの涙の音。自分ではどうしようもできない、癒えない傷の音。馬鹿みたいと笑ってしまうほど滑稽で、みっともなくて、弱くて、でもどこか愛おしい。まるで、ばばあを先導にして、捨て去ることのできない思い出たちが行進しているようだ。穏やかな終わりに向かって。

ねえ、ハシビロコウのカップ。ここで、わたしの代わりに壊れるまで泣いててよ。あんたがここでみっともなく泣いてくれるのなら、わたしは泣かずに、生きていける。思い出を失った傷や哀しい思い出、そんなもの全部をあんたに預けて、歩いていける。

コンサートが終わり、ばばあが箸をポケットに仕舞う。わたしは立ち上がり、「ブラボー！」と叫んだ。それから、心からの拍手を送った。いつか、この食器たちがみんな、思い出を終えて眠りにつけますように。いつか、きっと。

ばばあは蠅でも払うかのように手を振って、「うるさい子だね」と苦々しく言った。

「あの、ほんとうにありがとうございます。南さん……猫のタンブラーのひとも、よろしく伝えてくれと言ってました」

　南さんはまた、編集の仕事に就きたいと就職活動をしている。父のところに顔を出さないといけないから引っ越しはできないけど、でも自分の時間をちゃんと取れるようになったから頑張ってみるつもりよ。潑剌とした笑顔はやっぱり強くて、憧れる。

「ああ、あの子か」

　ばばあが目を細めて「元気にしてるのかい」と訊いてくる。こっくりと頷くと「そりゃ、よかった」とわたしを見た。

「あんたも、元気でな」

　かつて怒りや哀しみで煮えたという瞳がわたしを捉える。他人の視線は苦手になってしまったはずなのに、まっすぐ受け止めることができるのは、感情を乗せられなくなった瞳だからだろうか。いや、感情はそこにある。深いところに、慈しみのような優しさが存在している。南さんも、この瞳と向き合ったのだろう。

「ええと、あの、ばばあ……じゃなくてあなたはその」

　しまった、名前を知らない。狼狽《うろた》えるわたしに、ばばあは鼻で笑う。ばばあでいいよ。みんなそう呼んでるんだろう？　わたしは、身を小さくしてごめんなさいと俯いた。

「親しみが籠ってりゃ、何でもいいさ」

　声がやさしい。だからそっと目を上げてみると微笑んだ顔があって、わたしも微笑んだ。

部屋に戻ると、さっそく九州からやって来ていた母がキッチンで荷物の整理をしていた。

「なんね。あんたどこ行っとったとね」

「使っとったカップを、ひとに渡してきたと」

「ああ、貰ってくれるひとがおるんね。他にもあるけんが、いらんかね」

「もういらんと思う」

母と話していると、忘れかけていた方言がつい口を衝いて出る。懐かしい口調になるたびに、昔のキラキラした自分が戻って来るような気がする。

「香子、そっちの箱はそこの棚に載ってたやつ詰めたもんなんやけど、捨ててよかろ？」

母が段ボールを指差し「いるのがあれば、そっちの箱に入れなさい」と言う。

「お母さんは何でも捨てちゃう捨て魔やけんねー」

言いながら箱を開けて、はっとした。小物たちのてっぺんにファのハンドベルが入っていた。

そっと取り出して振ると、濁りのないファが鳴った。

「瀬戸さん、どうしとるとやか」

ぽつんと呟く。瀬戸さんが引きこもりだと聞いたとき、わたしは自分自身と重ねた。わたしみたいに辛いことがあったんだなとぼんやりと思った。でも、それでいいんだろうか。

「まだ家におるっちゃないと？」

母が言う。気になるんやったら会いに行ってみたら？　あんたたち、小学生のときわりと仲良かったろうもん。

「そうだね。それも、いいよね」

南さんはわたしのことをヒーローだと言ってくれた。わたしの小さな行動が、誰かの支えになることができた。

わたしはまだ、何かできるだろうか。

目を閉じて、ベルをもう一度鳴らした。

「これ、瀬戸さんに持って行こうかな」

泣いている音もあれば、しあわせを思い出す音もある。そしてきっと、やさしさを繋ぐ音もある。

ああ、こういうしあわせになれる音をたくさん見つけて鳴らしていけたらいい。みんなで音を繋いで、しあわせな音の溢れるマーチを奏でていけたら。

ベルはいつまでも、優しくてうつくしい音を奏でた。

入道雲が生まれるころ

目が覚めると、蜘蛛《くも》と目が合った。

合った気がした、というのが正解か。とにかく、目を開けると天井の端に小さな蜘蛛がいることに気が付いて、その蜘蛛が私を咎《とが》めるごとく見つめているように感じたのだ。

ああ、もう別れどきなんだな。

のろりと目線を動かすと、隣で恋人の海斗《かいと》が眠っていた。蜘蛛に見られているというのに、無防備に口を半開きにしている。日中ではなかなか見ることのできないあどけない顔を、ほんの少しだけ眺めた。

海斗を起こさないようにそっとベッドから這い出て、床に散らばっていた服を急いで身に着ける。それから部屋のそこここに点在している私物を、目に付いた紙袋にがしがし詰め込んでいく。海斗と付き合って一年ほどだったと思うが、結構私物を持ち込んでいたことに驚く。自分ではどこか冷静でいたつもりだけれど、そうでもなかったのかもしれない。

ぱんぱんになった紙袋を前に室内を一度見回す。チェストの上にあったメモパッドを一枚破り、傍にあったペンで『別れましょう。今までありがとう』と殴り書く。テーブルの上にメモを置いたのち、少し考えてテーブルの上に置かれていた小箱を重石代わりに載せる。それから、居心地のよかった海斗の部屋を後にした。

鍵をポストに返してから、マンションを出る。夜も明けきらぬ時間、ビルの隙間から朝日がきらきらと差し込もうとしていた。車の通りもなければひとの気配もない。あと数時間もすればいろいろなものが這い出してきて、そして日差しは暴力的なまでに強くなるのだろう。

「……牛丼でも、食べに行くか」

胃の辺りをぐるりと撫でて独りごちる。今日は休みで、だから昨晩は少し夜更かしをしてしまった。海斗のオススメの映画とシャンパン、よく冷えた桃と奉仕的なセックス、甘い睦言で満たされた夜だった。その反動なのだろうか、ジャンクなものを思いきり食べたい気がする。

変な時間帯なのに意外と客の多い二十四時間営業の牛丼チェーン店で、大盛り牛丼と味噌汁をかき込む。入店から十分もかからず店を出た私は、手のひらに食い込む紙袋の持ち手を握り直して、タクシーで帰ろうか逡巡した。これをずっと持ったまま電車を乗り換え？　それはしんどい。駅前にタクシーが停まっていたら乗っちゃおうか。考えているとスマホが震え、もしかして私がいないことに気付いた海斗からだろうか、と顔を顰《しか》める。しかしそれは田舎に住む母からだった。母からの連絡は珍しい。しかもこんな時間に。何かあったに違いないと通話ボタンを押す。普段から早口な母は、ひときわ急いたように『ああ、萌子《もえこ》？　帰って来てくれん？』と訊いてきた。藤江《ふじえ》さんが、亡くなったんよ。さっき、芽衣子《めいこ》が様子を見に行ったらね、布団の中で冷たくなってたんよ。いまお医者さん呼んで、待っとうところでさ。

「へえ大変。病気だったの？」

『昨日は普段通り畑仕事しとったけん、ぽっくり逝ったんやと思う。藤江さん、八十過ぎとるしさ。それでさ、お葬式の準備とかあるやない？　今回はウチを使うから、手伝いに帰って来てくれんかね？』

　私の実家は、北九州市にほど近い、小さな町の山奥にある。田舎ゆえのしきたりか、いまでも葬儀社の斎場を使うことを滅多にしない。自宅や公民館、本家の屋敷などで執り行っている。そして私の実家は本家と呼ばれている家で、幼いころから何度も、分家の葬儀会場になっていた。

「なるほどね。いいよ、帰るよ」

　実家に帰るのは、何年ぶりだろう。祖父の十三回忌だったか。となると四年は経っている。久しぶりに戻れば、いつも長文で説教メールをしてくる両親も落ち着くだろう。それに、タイミングよく、と言っていいのか有休消化のため三連休を取っていて、たまには実家で過ごすのも悪くない。海斗は私の部屋や会社にまで押しかけてくるようなことは決してしないだろうけど、しかし離れている方がいい気がする。

『え、うそ。やだ、珍しい。言ってみるもんやねえ』

母が驚いた声を出し、「何それ」と呆れる。

「帰ってきてほしくて電話してきたんじゃないの？」

『いやそうやけどさ、あんたこっちに帰ってくるの、嫌がるやん。あんたは昔っから糸の切れたタコみたいにフラフラフラフラフラフラフラフラフラフラ』

「何回フラフラ言うのよ。嫌味を聞かされるだけなら、行かない」

『やだ、うそうそ。ありがとう。ほんならよろしく。待っとるけんね』

母と通話を終えて、スマホをバッグに押し込む。ふっと街路樹に目をやれば、羽化したばかりの蟬がいた。生まれたての青さをまだ残している。もう少し太陽が上にゆけば、青さを手放して声を手に入れるのだろう。ほんの数時間前までは土の中にいたというのに、目まぐるしい変化だ。死ぬまで土の中でひとりでい続けたいと願う蟬はいないのだろうか。もしいたとすれば、土の中に残れるものなのだろうか。それとも強制的に世に解き放たれる？　広大な世界でたくさんの仲間の声に包まれることになった蟬は、ひとりになれる場所を探して死ぬのだろうか。なんてことをぼんやりと考える。

再びスマホが震えて、今度は海斗だった。見ぬふりをしようと思ったけれど、最低限の礼儀だと考え直して通話ボタンを押す。『どういうことだろう？』と低い声がした。

『こんな置手紙ひとつじゃ分からないよ』

「……突然、もういらないって思うことがあるって話したことがあるでしょう？　そのときが来たの。ごめんなさい」

『待ってよ。あまりに突然すぎる。おれのどこに非があった？　昨日のことで、不満があった？』

声が戸惑っている。普段は冷静で取り乱すことがないひとなのに、こんな声を出させているのは、私だ。

「ごめんなさい。あなたに非はない。私にある。じゃあね」

一方的に会話を切り上げて、スマホの電源を落とした。ぶるりと頭を振って、歩き出す。さっさと荷物を作って、実家に帰ろう。


実家まで、新幹線と普通電車を乗り継いで、そこからタクシーに乗り換えて四時間ちかくかかる。急だったわりに新幹線の指定席をとれた私は、シートに深く体を預けてからため息をついた。昨晩、飲み過ぎたかもしれない。酷く疲れているような気がする。視線を車窓の向こうに投げ、大きく膨らんだ入道雲がどこまでもついてくるのを眺める。

「職場、変えようかなあ」

海斗は、私が看護師として勤めているクリニック近くにあるカフェのオーナーだ。同僚とときどき利用していて、それで顔を覚えられたのが交際のきっかけだった。海斗は最初、同僚の方が気になっていたようだったけれど、何故か私と付き合うようになった。これから先、彼のカフェに行くつもりはないけれど、でもどこで鉢合わせないとも限らない。それに、そろそろ新しいまっさらな土地に行くべきのような気がする。私を知らないひとたちしか住んでいないところへ。

私は、リセット症候群というものを抱えている、らしい。

別に専門家にスタンプを押してもらったわけじゃない。二十四のときに付き合っていた男にそう言われて、なるほどそういうカテゴリに自身を入れておくと扱いやすいかもしれないと思ったから、そういうことにしている。

ある日突然、ふとした瞬間に、これまで構築してきた人間関係が重たくなってしまう。手足は重く、息も浅くなる。ここにいては潰されるか呼吸困難で死んでしまう、そんな焦燥に支配されて、だから私は逃げる。

高校を卒業と同時に、熊本にある看護専門学校へ進学した。三年通って卒業したのちは山口県下関市の病院に就職した。そこでは四年働いて、広島市内の病院へ。二年働いて、今度は兵庫県朝来《あさご》市へ越した。いまの神戸市は一年半住んでいて、これまでで一番短い。

引っ越すたびに、電話帳を消去してきた。それまでの繋がりを、絶ってきた。初めての土地でDeleteという文字を見ると、ほっとした。

ひとと繋がりを築くというのは、トランプで精巧なタワーを作るのに似ていると思う。常に緊張感を強いられ、維持するのにも注意を払わなければいけない。壊してしまえば、楽になれる。ときには、心地よささえ覚える。壊すべきではないものを手放す背徳感、安堵感に解放感。そんなものが体中をめぐる。誰かが私に寄り添ってくれるたび、やさしくされるたび――ささいなやり取りで笑いあう時間を重ねるたび、私は自分の背に積みあがっていくトランプの存在を感じた。うつくしい三角を幾つも形成しながら大きくなっていくタワー。私はいつ、これを壊すのだろう。いつ、これを積むストレスから逃げようとするのだろう。そんなことをいつもぼんやりと考えていた。

気付けば地元の駅まであと一駅のところまで来ており、身支度をととのえる。パールのネックレスを忘れたことに気付いたけれど、まあいいかと思う。私の首元が飾られていようといまいと、大した問題ではない。ああでも海斗は、そういう細かなところに気付いてくれた。私はどこか抜けているところがあって、とても小さなミスをする。ちゃんと準備をしていたのに茶碗蒸しの仕上げの三つ葉をのせなかったり、右足の小指だけポリッシュを塗り忘れたり。そういうとき、几帳面で観察力もある海斗は笑いながら教えてくれたものだ。きっと今日も、出かける私の背中に声をかけてくれたことだろう。萌子、アクセサリーボックスが手つかずだよ、と。別れていなければ、の話だけれど。

相変わらず活気のない駅前には二台のタクシーが停まっていて、中では運転手が口を半開きにして眠りこけていた。窓をノックして、いいですか？　と問う。慌ててドアを開けてくれた運転手にお礼と実家の住所を告げた。

　数年前と大して変わらない景色が流れる。祖父の法事は真冬に行われて、だから人々は寒々しそうにコートの合わせ目を押さえて歩いていたものだが、いまは日傘を差した女性やノースリーブの若い女の子の姿が目に付く。それくらいが明らかな変化か。

　そういえば、あのとき私は、いつかここに帰ってくることもあるのだろうか、とぼんやりと考えていた。大阪の大学を卒業した従姉妹の日名子《ひなこ》ちゃんが、実家に戻ってきて結婚したという話を母から聞かされ、結婚祝いを買ってくるよう命じられたのだ。女の子はやっぱり実家の近くに住む方がいいんよ。実の親の近くで子育てするのが一番気楽やし、おじいちゃんたちと触れ合って成長するのは子どものためにもなる。知っとるひとも多いけん、孤独にならん。女は生まれた土地で生きるのがしあわせなんよねえ。日名子ちゃんは分かっとるわあ。母はそういうことをだらだら話した上にメールでも念押しするかのように伝えてきて、げんなりした。げんなりしたものの、しかしそういうものが〝しあわせ〟なのかとも考えた。登録したまま放置しっぱなしのFacebookを覗いてみれば、かつての同窓生たちは意外なほど地元に残っていた。同級生同士で結婚し、母校に子どもを通わせているというひともいる。日々が豊かそうな投稿を眺め、母の言う〝しあわせ〟を目の当たりにした気がした。

　私もいつか、こういう〝しあわせ〟を求めるようになるのだろうか。夫と、もしかしたら子ども。そして近くに親類や友人がいて、トランプなんかではない強固な木造りのタワーを構築して生きていくのだろうか。ぼんやり想像して、でもまったく像が結べなかった。うつくしい風景画の中央にぽっかり黒い円ができているような、空間が捻じれているような、うっすらとした恐怖を覚えた。それで、私はきっと永遠に手に入れられない種類の〝しあわせ〟なのだろうと思ったんだった。

いまも、それは変わっていない。誰かと日々を重ねていくことは、私にはできない。決して嫌いになるわけじゃない。家族に対する愛情はあるし、今日別れてきたけれど、海斗のことだって好きだ。今朝目を覚ましたあの瞬間まで、私は海斗といることに満足していたし、継続していくことを望んでいたのだ。ただ、カチンとスイッチが切り替わるように、一緒に『いる』が『いられない』になってしまった、それだけのこと。

バッグの中に放り込んでいたスマホを取り出す。電源を入れて履歴を見れば、海斗の名前が大半を埋めていた。当たり前にやりとりができた番号だけれど、もう彼に繋げることはない。

着信拒否にして、履歴を消す。それからLINEの画面を開く。積み重ねられた他愛のないやり取りを眺めていると、タイミングよくというべきかメッセージが届いた。

『こんな風に自分を消去して、君は寂しくないの？　いつか、寂しさに襲われる日も来るかもしれない。ひとりでいることを後悔しても遅いかもしれない』

小さく息を飲む。こんなにまっすぐに問いかけられたのは初めてだった。何か責められる前に私は逃げていたし、リセット症候群という言葉を教えてくれた元恋人なんかは、別れを切り出した私に『難儀な業だねえ』と笑っただけだった。

『寂しく』

メッセージを入力しかけて、やめた。アカウントをブロックしてから、ため息をひとつ吐いた。

これから先、誰とも深く繋がらずにいたことを後悔する日は来るかもしれない。浅瀬で束の間の交流を繰り返しているだけだった生きざまを悔やむこともあるだろう。いまだって、ときどき無性に寂しくなるときがある。離れたひとたちに申し訳なくなることだってある。与えられたものを勝手に重荷にして逃げて、なんて恩知らずなんだと自分自身に呆れ果てさえする。でも、どうしようもない衝動が起きるのだ。

このままでいい。このまま、誰とも繋がらずに生きていけばいいじゃないか。それで寂しくなることがあったとしても、でも後悔だけはしないと覚悟すればいい。

暗転したスマホを見つめている間に、タクシーは実家の前に着いた。駐車場には葬儀社のものと思われる白いバンと、小倉に住む伯父の車が停まっていた。代金を支払って荷物を降ろしていると、「おかえり」と声がした。振り返れば、煙草を片手にした芽衣子が立っていた。「早かったね」と言いながら、紫煙を吐く。私の高校時代の夏の体操服——首元のよれた白シャツと毛玉塗《まみ》れになったあずき色のハーフパンツ——をだらしなく着ている。

「……どうしたの？」

思わず、訊いた。表現が正しいのかは分からないけれど、芽衣子がグレた。

「優等生だと思ってたけど。いまごろ、反抗期？」

「何それ。って、あーそうか、お姉ちゃん知らないのか」

ハイハイなるほどね、と勝手に納得した芽衣子は「あたし、ニートしてんの」と自嘲気味に笑った。

「いつから」

「二年くらい前から」

「ははあ」

前の帰省のとき、芽衣子は隣町の人材派遣会社の正社員としてバリバリ働いていた。担当している登録者の勤怠管理や営業をしているとかで、「仕事がめっちゃ楽しいんだ。会社にも期待されちゃってるの」と自慢げにしていたのを覚えている。法事の合間も、担当しているというひとたちから連絡が来ていて、手帳を片手にやり取りをしていた。

「何でまた、辞めちゃったの」

「挫折」

さらりと言って、芽衣子は煙草を深く吸った。ゆうるりと、緩慢に吐き出す。

「ええと、まあそれはおいおい話すとして、わざわざ出迎えてくれたの？　ありがとう」

「違う違う。家の中に、いたくなかっただけ」

芽衣子が面倒臭そうに肩を竦《すく》める。

「あらそれは珍しい」

芽衣子は実家が大好きな子だ。家から通える北九州市立大学に進学し、卒業後はやっぱり家から通える会社に就職した。芽衣子がFacebookをやっているかは知らないけれど、もしやっているとしたら『地元最高』『地元ラブ』なんてことを投稿してそうなタイプ。九州男児的な父と保守的な母とはとても気が合っていて、大学の卒業旅行は両親と三人で、キャンピングカーをレンタルして四国や中国地方を巡ったと聞く。両親と長期間の旅行、しかも狭い空間で始終一緒なんて、私は絶対できない。

私の手からスーツケースをとった芽衣子は「お姉ちゃんも、中に行けばわかるって」と言う。絶対すぐに出てくるよ、とも。

それから何も言わないので、荷物を芽衣子に預けて家の中に入った。ただいま、と声を掛ける前に母の「もう、意味が分からんが！」という大声が響いた。

「何でそういう大事なことをいまになって言うと？　あの人は結局何なんね⁉」

「何なんって、そやけん多分……じいさんの愛人じゃ」

「愛人？　お父さんたちったらさっきまで知り合いだとか言っとったくせに、結局それかね。ああやだ、汚らしい。それで、どうすると。このまま葬式すっとね？　ねえ、あんた」

母と父が口論になっているのかと思えば、伯父夫婦の声もする。何か問題でも起きたようだ。声のする仏間の方へ行けば、四人が顔を寄せ合って難しそうな顔をしていた。母が私に気付き、「おかえり」と言うがその表情はとても固い。

「みんな久しぶり。どうしたの、何か問題でも起きた？」

まだ何の準備もできていない室内を見回しながら訊くと、伯母が答える。

「藤江さんがね、どこの誰だか分からんとよ」

「は？」

意味が分からなくて両親を見る。母が眉間に深い皺を刻んだまま、頷いた。

「葬儀社のひとが藤江さんの死亡届を出しに役場に行ったら、もう四十年も前に死亡したことになっとるって。しかも、こっちの人間じゃないとって」

母の目が、部屋の隅っこで所在無げにしていた黒いスーツ姿の男性に向けられる。何となく見覚えがあるから、以前も誰かの葬儀のときにお世話になったのだろう。こめかみに白いものが混じりだした彼は言いにくそうに口を開いた。

「正確には三十八年前です。北海道の岩見沢市が本籍地でして、そこでご家族によって失踪宣告がなされておるようですね」

失踪宣告とは何だったかとしばらく考えて、そういえばドラマでそんな言葉を聞いたことがあるなと思い至る。何年だか行方不明になって生死不明だと判断されたひとが、それによって死亡判定を受けるんだったか。

「藤江さんって、おじいちゃんの従妹とかそんなんじゃなかったっけ」

「萌子ちゃんもそう聞いとったやろ？　このひとたちが実は違う、だなんて言いだして、そうしたら愛人やって！　そんな酷い話ある？　あたしたちはお義父さんの親戚筋のひとやって聞いとったけん、これまでお世話もしてきたとに」

伯母が憤慨したように父と伯父を睨《ね》めつける。同じ程度に頭頂部が薄くなったふたりは気まずそうに俯いて、説明のしようがないだろう、というようなことをぼそぼそと呟いた。じいさんが急に見知らぬ女を囲ったなんち、どう説明すればいいそや。それを聞いて、女性ふたりが益々声を大きくする。

「だからっていま説明されても困るでしょうが。お父さんはいつだって面倒なことは後回し！　藤江さんも藤江さんよ、わたしたちを騙して！」

「あのひと、お義母さんの法事にもお義父さんの葬式にも当たり前の顔をして出席しとったやないの。骨上げだってちゃっかりやって。愛人だって知ってたらそんなこと許さんやったのに！」

ふたりともそれぞれの夫に噛み付かんばかりに迫った。

なるほど芽衣子が言っていたのはこれか、と納得する。確かにこんなところにはいられないだろう。しかし、藤江さんが祖父の愛人だとは、まったく分からなかった。

藤江さんは、実家から徒歩三分の距離にある小さな家で独り暮らしをしている老女だ。年は多分、亡くなった祖父と同じくらい。私が生まれたときからいて、祖父の母方の従妹だと聞いていた。控えめで物静かなひとで、暮らしぶりはとても倹《つま》しかった。工場の縫製工や病院の清掃係など職を転々としていて、七十すぎたころからはゴルフ場レストランの皿洗いをしていたと思う。後彎症《こうわんしょう》によって大きく曲がった背が、山手にあるゴルフ場まで歩いて通っているのを何度か見た覚えがある。それに加えて彼女は自宅裏の空き地に畑を作っていて、時間が空けば畑の手入れをしていた。真っ黒に焼けた顔はシミと皺だらけで、だらりと伸びた瞼が目を覆い隠さんばかりだった。そんなひとが愛人だとか言われても、ちっともぴんとこない。

祖父にしても、どこの田舎にでもいるような小太り禿頭の、囲碁だけが趣味といったようなひとだった。六十代から糖尿を患い、同居している次男家族の目を盗んでこっそりとアンパンや菓子を食べることに必死で、いつもあっけなく見つかっては叱られる。運動を嫌い、心臓発作で亡くなるその日まで、日がな一日縁側でぼうっとして生きていた。そんなふたりが実は愛人関係にあったとは。

これは驚いたとため息をつき、それから葬儀社の男性の方へ行き、「どうなるんですか？」と訊いた。

「葬儀、できないんですか？　それと、故人の姿がないみたいですけど、どうしたんでしょう」

「葬儀は出来ます。こちらでもいま調べているところですが、失踪宣告の取り消しをするなどの手続きが増えるようですね。故人は現在警察署の方へ運ばれて検視を受けていますので、戻るまでは少し時間が掛かるでしょう」

葬儀会場はここに作っていいんですかね、と男性が四人にちらりと視線を向けて言う。ああそうか、こうなれば母たちがこの家を使うのは嫌だと言いかねない。案の定、伯母が「愛人を本家から送り出すことないいったい」と言いだした。

「ひとに知られたらみっともないわね。でも、今更うちとは他人ですなんて口が裂けても言いたくないいけん、公民館でも葬儀場でも借りて、さっさとすませようやないの」

母がそれに頷く。

「お義姉さんの言う通りやね、そうしましょ。葬儀を出してやるだけ、感謝してもらわんと。ああ、そうそう、こうなったらプランは一番安いのにしないと」

「いや千秋《ちあき》さんちょっと待って。あんまり安うするのも変に思われやせん？　表向きは本家の人間やけん」

「あー、池田《いけだ》のばあさんが何か言うかもしれんね。あのひと、他所《よそ》ん家《ち》の噂が大好きやけんねえ。あー、めんどいめんどい」

葬儀プランのカタログを覗き込み、文句を吐き出している母たちを眺めていると「お姉ちゃん」と背中に声をかけられた。振り返ると、障子の陰から芽衣子が私に手招きしている。そっとその場を抜け出して、芽衣子に連れられるように外に出る。夏の風がふっと頰を撫でて、無意識に息をひそめていたらしい私は大きく深呼吸をした。田舎の青臭い空気で肺を満たし、吐きながら「何あれ」と言う。

「お母さん、藤江さんと割と仲良かったんじゃないの。惣菜を持って行ったり、お野菜を分けてもらったりしてた覚えがあるけど。あのひとは年配者だからって偉そうに口出しすることないからイイひとだって言ってたこともあったよね？　あんなに悪し様に言うことないのに」

「すごいでしょ。身内じゃないって分かった途端、オババふたりが大発狂なんよ」

煙草に火を点け、芽衣子が笑う。お母さんもおばちゃんも、外のものに対しての警戒心が強すぎるけんね。もう何十年も前から付き合っとるんやけん、身内みたいなもんやんか。今更やと思って送ってやったらいいやんね。

「芽衣子は、藤江さんのこと知ってた？」

細長く煙を吐く芽衣子は、ゆるく首を横に振った。

「あたしがニートになってから、友達みたいになってさ。これでもいろいろ話したつもりやったけど、そういうことは教えてくれんかったな、何ひとつ」

「ああ、そうだ。どうして仕事辞めちゃったの。やりがい、あったんじゃないの」

訊くと、ポケットから携帯灰皿を引っ張り出していた芽衣子が「不倫」と言った。

「よくあるやつ。取引先の人事担当と不倫して、奥さんが会社に怒鳴り込んできて、会社に居られんくなったんよ」

「芽衣子が、不倫」

呆然としてしまう。芽衣子は子どものころからずっと、優等生だった。少し融通が利かないけれど真面目で努力家。やさしくて気立てが好くて、大人や目上のひとの言うことに素直に従って『でも』『だって』なんて言葉は口にしたことがなかった。

忘れられないのは、芽衣子が小学校三年生、私が中学一年生のときのこと。私は学校でいじめに遭った。一部の女の子たちに目をつけられて、『ブス』だの『陰気女』だの陰口をたたかれるようになったのだ。理由は、彼女たちの誰かが好きだった男の子が私と親しかったというそれだけのことだったらしいが、そのときの私は何故急にそんな暴言を投げつけられるようになったのか分からず、ちょっとした登校拒否を起こしてしまった。急に敵意をぶつけられて意味が分からないし面倒だからもう学校に行きたくない、そんな風に両親に言った。しかし両親は『お前にも悪いところがあるんやないんか』『そんなことくらいで学校休んでたらもっとバカにされるよ』と見当違いも甚だしいことしか言わずに、私を無理やり登校させようとした。そんな中で芽衣子だけが『そんなのだめ！』と怒ってくれた。ほんとうの友達だったらブスだなんて言って笑ったりしないでしょ！　悪いところがあったら普通に教えてくれるはずだと思う！　顔を真っ赤にして、地団太を踏んで、お父さんたちはなんでお姉ちゃんのために怒らないのと叫んだ。

そんな芽衣子が、不倫。

「どうして」

「うーん。生きるんが辛くなったのがきっかけかなあ」

芽衣子がひょいと肩を竦める。

「たっくん……大学のときから付き合ってたひとと遠距離してたやん？　浮気されてさ。相手が妊娠したけん、ってフラれたとよ。そこからなんか何もかもが虚しくなったと。自棄《やけ》になってたのもあるかも。まあそれでね、甘い言葉にふらふらいっちゃったわけよ。二回も恋愛に失敗した上に社会的制裁まで受けて、もう外に出たくなくなった」

「それ、お母さんたち知ってんの？」

「知っとるよ。でも、あたしが世間知らずやけん騙されただけやって思っとる」

四年前は綺麗に髪をセットし、華やかなメイクをしていた。ベージュのネイルがきらきらしていて、服もしわ一つなかった。そんなだったのに、目の前の姿はぼさぼさのひっつめ髪にそばかすの浮いたすっぴん。毛玉付きのハーフパンツにゴムサンダル、そして煙草。

「まあとにかく、挫折して、何もできん」

へはは、と変な笑い方をした芽衣子は「友達と遊ぶのも嫌になって、藤江さんだけが友達やった」と手元から流れる煙を見つめた。

「でも、藤江さんはあたしのことどう思ってたんやろなあ。何も話してくれんかった。北海道出身だっていうことすら、知らんやったよ。どんな事情があって、こんな九州の山奥なんかに来たんやろうね。お父さんたちの話じゃ、じいちゃんは北海道に行ったことすらないはずだって」

藤江さんを思い返してみる。確か、普通にこちらの方言を使っていたような気がする。特に違和感を覚えた記憶もない。

「藤江さんって、いつここに来たの」

「お母さんが嫁に来たときにはもうあそこに住んどったらしいけん、少なくとも三十五年前にはいたんやないかな」

それなら、こちらの言葉になっていてもおかしくないか。

「お姉ちゃん、藤江さんの家に一緒に行かん？」

考えていると、芽衣子が言う。あたし、オババたちが家宅捜索始める前に、藤江さんの荷物を整理しに行くつもりなんやけど。

「ええ、そんなこと勝手にしていいの？」

「いいの。それに、オババたちに任せた方が酷いことになるって。見たやろう、あの興奮ぶり」

それは確かに、と納得する。元々、母も伯母も詮索好きの噂好きだ。落ち着けばふたりして家中を漁りかねない。身内が、しかも実母が死んだひとの過去や秘密を見つけては騒ぐところなど見たくない。

「藤江さんもしばらく警察から帰って来んみたいやし、葬式の手配もまだまだ時間かかるやろ。いまがチャンスやから、あたしは行く」

携帯灰皿に煙草を押し込んで、お姉ちゃんも行こうやと芽衣子が重ねて言う。仕方ないか、と頷いた。

「どうせ部屋も引き払うことになるだろうし、しておこうか。私も手伝うよ」

それから、ふたり並んで藤江さんの家へ歩き始めた。実家の前には川が流れていて、小さな石橋がかかっている。それを渡り、左手にある神社の方へ向かうと築四十年を超すぼろぼろの家がぽつんと建っている。これが、藤江さんの住んでいたところだ。元々は我が家の納屋として使われていた建物を、祖父が藤江さんの為に改築したと聞いていた。

芽衣子が慣れた手つきで鍵を開け、立てつけの悪い引き戸を開ける。日当たりの悪い部屋はひんやりとしていた。どこか、埃臭いような懐かしい匂いが満ちている。

「これがね、今朝出てなかったんよ」

芽衣子が靴箱の上に置かれた黄色い旗を取り上げる。何それ、と訊くと「元気確認の旗」と言う。

「朝起きた時に玄関先にこれを飾っておいて、夕方に仕舞う。あたしは元気ですよーっていう無言のサインなんよ。この町のひとり暮らしのお年寄りは、これを義務付けられとう」

「へえ、知らなかった」

今朝、黄色の旗が揺れていないことに芽衣子が気付いて、部屋を訪ねたら、既に藤江さんは亡くなっていた。

「いちいち旗を出したり仕舞ったり面倒なことやねえ、って藤江さんは言っとったけど、役に立つもんやね」

旗を軽く振ってみせて芽衣子は小さく笑い、元に戻してから、奥に入って行く。

幼いころに何度かお邪魔したことのある藤江さんの部屋は、驚くほど物がなかった。最低限の家具と電化製品がちんまりと置かれているだけだった。そのせいだろう、元納屋の２Ｋが広々と感じてしまう。

寝室として使っていたのか、和室の真ん中に、主を失った布団が一組、乱れたまま放置されていた。

「あーあ、土足で入ったやつ誰よ。足跡ついとるやん」

芽衣子が舌打ちをして、手際よく布団を畳む。それから掃き出し窓を開け放った。窓の向こうには藤江さんの手入れしている畑が広がっていて、背を伸ばしたトウモロコシの葉が揺れている。近づいて見ようとしたら畳が深く沈んで嫌な音がした。悲鳴を上げると、床が腐っとるところあるけん気を付けて、と遅いアドバイスを受ける。

「どこもかしこもぼろぼろなんよ。お風呂場なんて、草が生えてくるけんね、へはは」

「笑い事じゃないって。それより、片づけるも何も大した荷物はなさそうじゃない」

奥に入るのを止めて、周囲を見回す。田舎の方が季節の到来が早いのだろうか。ここはもう、夏が始まっている。いくつもの蟬の声を乗せた風が流れ込んでくる。生地の薄くなったカーテンが大きく膨らみ、何か小さなものが舞った。拾い上げれば、それは紙切れだった。手触りで、新聞紙だとわかる。よくよく見てみれば、埃や同じようなゴミが部屋の隅に溜まっている。八十を過ぎれば目も悪くなる。掃除が甘くなっていたのだろう。

「ひとひとりの人生があるっちゃけん、何もないってことはないやろ」

芽衣子は押入れを開ける。二段になったそこには段ボールやプラスティックケースがいくつか並んでいた。

「お姉ちゃん、台所の食器棚の一番下にゴミ袋が入っとうけん、取って」

芽衣子はどこに何があるかまで把握しているらしい。言う通りに持って行くと、芽衣子は既に段ボールをひとつ開封していた。

「断捨離っていうと？　死ぬ前にあれをしとかないけんて何度も言っとったけど、あんまり進んでなかったとやね」

新聞に掲載された料理レシピのスクラップブックに、編み物の本。編みかけの紫色のセーターと、幾つかの毛糸玉。新聞紙を使って作ったカゴが数個。芽衣子はそれらを前に、どこか戸惑っている様子だった。ひとつ取っては眺め、またひとつ手にしては首を傾げる。

「何してるの、芽衣子。捨てるつもりでゴミ袋出したんじゃないの」

目に付いた箒で室内を掃いていた私が訊くと「そうなんだけど……」ともごもごと俯く。

「誰かの痕跡を捨てるって、怖いなって」

「はあ？」

手を止めて、芽衣子を見る。まん丸に巻かれた毛糸玉を弄びながら、芽衣子は「罪悪感って言うんかな。それがヤバい」と言った。

「そんなら、そのままにしておけば？　誰かやるでしょ。お母さんとか」

「いや、それはダメ。残されたものの処理は、あたしが任されたと」

きっぱりと芽衣子が言うが、しかしゴミ袋に毛糸玉ひとつ放り込めないでいる。

「もったいないって思ってるんなら、引き継げば？」

「こんな色のセーターなんて着らんもん。それに、そもそも編み物なんてできん」

「そんなら捨てなさい」

芽衣子は深呼吸をしたのちに「えい」と声を出して毛糸玉を袋に押し込んだ。編みかけのセーターとその他の毛糸玉も続けて入れて、肩でため息を吐く。

「ヤバい。これすごいしんどい。ねえ、お姉ちゃん。誰かの人生を捨てるって、辛いね」

「芽衣子は感情を込めすぎなんだと思う。頼まれたことだって言うんなら、仕事だと割り切ってやりなさいよ」

「う、冷たい。でも、うん……そうだよね」

ぱちん、と両手で自分の頬を叩いて、芽衣子はぶるりと頭を振った。それから「よし」と気合を入れて、袋に物を入れ始めた。

しばらく経つとゴミ袋はいっぱいになり、数が増え、押入れはすっきりしていった。

「ないな」

最後のプラスティックケースを空にした芽衣子が小さく呟く。袋の口を縛っていた私が「何がよ」と訊く。

「結局芽衣子も、藤江さんの過去だか秘密だかを探してるの」

「そんなとこ。でも勘違いせんとって。あたしは、オババたちみたいな下衆な好奇心でやってるのと違う。それに、藤江さんはこう言ったと。『わたしが急に死んだときには、代わりにわたしの人生を全部捨てといて』って」

「へえ」

思わず声をあげた。

遺言の類だろうが、変わった言い方だ。そういえば藤江さんは昔から言葉のセンスがおかしかった気がする。というか、思い出した。私は彼女がとても苦手だった。

藤江さんは、身近な大人たちの中で異色だった。この辺りの大人たちはみんな主張が強くて、声が大きい。『夫を立てている』なんてことを殊勝に言う母たちですら遠慮なく不平不満を顔に出してきたし、様々な技を使って己の意思を通そうとしていた。

私はどこか冷めていた子どもで、そんな大人たちとうまく付き合えていた。彼らは『子ども』という殻さえ被っていれば満足して、中身まで触ろうとしなかったから。大人の望む返答さえしていればよかった。望まれる子どもを演じているだけで、私の日々は穏やかに回った。

しかし藤江さんは違った。

『あなたは、どう思うん？』

『あなたが、そうしたいん？』

大人たちは私のことを『萌ちゃん』や『山野《やまの》さんのところの上の子（あるいは孫）』と呼んだ。学校の先生ですら『山野さん』か『山野さんのお姉さん』だった。『あなた』という言葉を丁寧に使うのは藤江さんだけで、そうだ、私は『あなた』という呼ばれ方も好きじゃなかった。『山野萌子』という生まれついたときから与えられた枠をはらりと奪われて、『子ども』という殻も剝《は》ぎとられて、剝《む》き出しの私を覗き込まれているようだったから。そして意思をきちんと確認されるたびに、自分の考えを振り返らざるをえなくなり、考えの甘えや浅さを見透かされ指摘された気がして、居心地が悪かった。

あれ？

ふと、違和感のようなものを覚えて小首を傾げる。いま蘇ったものは、私の胸を傷つけるものではなかったような。

「お姉ちゃん、覚えとる？　あたしたちが小学生のころさあ、藤江さんがそこで焚火しとったでしょう」

芽衣子が言い、私は後にあるトウモロコシ畑を振り返り見る。「ああ」と声に出して呟いた。思い出した。あれは、私が小学校六年生のことだった。縁側で遊んでいるときに、芽衣子が細くたなびく煙を見つけた。何やろうあれ、藤江さんの家の方やない？　私たちはボードゲーム遊びを止めて、藤江さんの家に向かって走り出した。

自宅裏の畑で、藤江さんは焚火をしていた。収穫された玉ねぎが畑の端にあったから、春先のことだったと思う。だからさほど寒くない時期なのに、彼女はせっせと火に何かをくべていた。

あのころの藤江さんは六十を少し過ぎたころではなかっただろうか。まだ、背中がすっと伸びていた。

『藤江さん、何しとると？』

芽衣子が訊くと、藤江さんは炎を見つめたまま、『燃やしとるのよ』と言う。いらなくなったものをぜーんぶ燃やしとるの。藤江さんが手にしていたのは、束になった写真や手紙だった。写真の中では何人かの女性に囲まれた藤江さんが楽しそうに笑っている。

『何で燃やすと？』

『この会社、昨日で辞めたんよ。やから、もういらないの』

炎に落ちた笑顔が大きく歪んで溶けて行く。藤江さんはそれをぼうっと見つめながら、一枚、また一枚とくべていく。幾つもの顔が炎に舐められ溶けていく。とろとろと飲みこまれていくひとたちに、ああそうだ、私は、夢中になった。どれだけ見惚れていたか分からないが、気付けば半泣きの芽衣子が私に帰ろうと縋っていた。お姉ちゃん、もう、帰ろ。そろそろアニメの再放送の時間やし。私はそれに頷いてみせたけれど、しかし、目は藤江さんの手元に引き寄せられるように離れなかった。

『芽衣子は先に帰っとって』

芽衣子の腕を解き、私は藤江さんに手を出した。私、手伝ってあげる。藤江さんは少し驚いたような顔をして、しかしすぐに小さく微笑んで写真の束を私に渡してくれた。思っているより持ち重りがした。

私は藤江さんの真似をするように、写真を一枚、炎に放った。ひらりと舞ったそれは炎に飲まれ、ぐにゃりとかたちを変えて、はっと燃える。藤江さんと共に過ごしたひとが、消えていく。

まるで何かの儀式のようだった。私は炎に魅入られたように黙々と手を動かし、気付けば芽衣子がいなくなっていた。手の中のものがなくなるまで、私は炎に藤江さんの思い出をくべ続けた。

「……ねえ、芽衣子。もしかして、藤江さんはリセット症候群だった？」

呟くと、芽衣子がちらりと私を見た。

「そういう名称は知らんけど、お姉ちゃんもおんなじやつやろ？」

びっくりして目を見開く私に、芽衣子が小さく笑った。

「高校卒業してからずっと、ふらふら移住してるやろ。家にも滅多に帰って来ん。お母さんだって、薄々察しとるよ。あの子はある日ふっと連絡が取れんくなるような気がする、ってときどき言うし」

どきりとした。そんな風に思われていたのか。

「お母さんは、親の勘てやつやろね。あたしも姉妹の勘で、って言いたいけど、いつやったかに藤江さんが言ってたんよ。あの子、わたしと一緒だと思うって。あたし、それで焚火のことを思い出してさ、そんで、納得した。あの日、お姉ちゃんは藤江さんとおんなじ顔してたもん」

手を頬に添えると、芽衣子は「いいなあ」とため息を吐いた。

「お姉ちゃんが羨ましい。あたしも、その症候群になりたいんよ」

「どうして」

家族を大事にしないと、と責められるのかと思っていた。まじまじと見つめると、芽衣子は膨らんだゴミ袋を撫でながら言う。

「あたしも、ここから出て行きたい。なんのしがらみもない土地で、人生をリスタートさせたい。誰もあたしを知らない世界だったら、素直に前に進めそうな気がするんよ」

ますます、驚く。そんなことを言う子ではないはずだ。何と声を掛けていいかもわからないでいると、「お姉ちゃん、あたしにはできんと思っとるやろ。それ、「正解」と芽衣子は小さく笑った。その顔は昔、母に叱られたときの泣き顔に似ていた。

「行きたい気持ちはある。飛び出していきたいっち強く思う。どこかで生まれ変わりたい。でも、できん。ばかなことするなって止める自分がおると。どこ行ったたって、リスタートしたって、あたしは過去を捨てられん。あたしはどこに行ったたって、過去を引きずって泣くしかできん。それに何より、怖い。誰もあたしを知らんところなんて、怖いよ。死にたくなるほど寂しくなるに決まってる」

「それは、さっき言ってた不倫のことで？」

訊くと、芽衣子がふっと顔を伏せた。

「言いたくないなら、いいけど」

「……手、動かさんとね。お姉ちゃんは段ボールを潰してくれる？」

言いたくないのだろう、と黙って幾つもの箱を潰してまわった。次第に、汗が滲んでくる。

何度かこめかみ辺りを拭いながら作業を続けていると、芽衣子がぽつぽつと話を始めた。

「最初は、自棄やった。わりとイケメンでさ、そんなひとに誘われたことで浮かれたってのもあったかもしれん。でもだんだん本気になった。いつか奥さんと別れてあたしのとこに来てくれるち、信じとった。でもそれはあたしの勝手な思い込み。ある日突然奥さんが会社に怒鳴り込んできて、会社にバレた。あのひとは奥さんのところに戻って、奥さんとの関係の再構築を選んだ。あたしはただ、遊ばれただけやったんよ」

芽衣子は少しずつ抵抗がなくなったらしい。目に付いたものをざっと見てはゴミ袋に入れる。手を動かしながら、芽衣子は続ける。

「酷い男やってみんなが言う。お父さんは芽衣子の人生を狂わせたあいつを殺してやりたいって怒ったし、お母さんは芽衣子が可哀相って泣いてくれた。そんで、はよ忘れなさいって言った。でもね、あたし忘れられんのよ。メールひとつ、消すことができん。しかも彼の奥さんのSNSを見つけてさ、ていうか探し出してさ。毎日何回もチェックせんと落ち着かん。奥さんの自己紹介がウケるとよ、『これは仲良し夫婦の再構築日記です』だって。まじキモい」

妊活中だとか、記念日には夫婦ふたりでディナーだとか、妻は事細かにネットに上げているらしい。辛いこともあったけど、わたしたちは強い絆で結ばれています。困難を共に乗り越えて、目指せしあわせ夫婦――何度も読み込んだのだろう、つらつらと内容を語ってみせて、芽衣子は最後に乾いた笑いを零した。

「まあ一番キモいのはあたしやけど。暗記までしとるって、頭おかしい」

「……相手からは、連絡あるの」

「ないよ、そんなの。別れたときに、いままでありがとうなんてふざけた内容のメールが来て、それきり」

ハーフパンツのポケットからスマホを取り出す。真っ黒の画面を芽衣子は哀しそうに眺めてから、再び仕舞った。

「藤江さんは、リセットできるひと。付き合いの痕跡を捨ててしまえるひと。失踪宣告が出されてたってことは彼女を探していたひとがいた証拠やろ？　そういうひとや、住んでいた土地があったはずなのに、あの人はそれを全部捨てた。死亡扱いされて、三十八年だったたっけ？　自分の戸籍すらいらないなんて、すごすぎるよ。あの人は自分っていう存在すら、消したんよ」

すべてを捨てた藤江さん。彼女がどうしてここに流れ着いて、ここに定住したのか分からない。

「あたしが、あのひとのことが忘れられなくて苦しいって言うと、藤江さんは笑うんよ。苦しいって思うときが捨てどきなんよって言うと。寂しいて思っても、えいやって忘れてしまえば楽になれる。そしたら生きていけるやないの、って。その通りやって思うのに、でもあたしは捨てられん。こんなに苦しいのに、駄目やって思うのに、捨てた後の虚しさに絶対耐えられん。世界の果てに逃げたって、あたしはSNSを見て泣くんやと思う。やけん、みっともなくここにおる。どうにもならん過去のことなのに。捨てられたあのときから、前にも、どこにも進めん。あたしも、すべてを捨てられる女になりたいのに」

堪えきれなくなったのか、芽衣子の目尻から涙が一粒伝った。静かに拭う姿を見ながら、私は胸をそっと抑えていた。どうしてこんなタイミングでこんな話を聞かなくてはならないのか。藤江さんが芽衣子に語った言葉は、水のようにさらりと私に馴染む。私自身が発した言葉じゃないかと思うほどに。

そう。苦しい、これからもっと苦しくなる。そう感じたときが別れどきなのだ。好きなひとや好きな場所に固執して、その執着に苦しむくらいなら離れたい。身軽でいたい。藤江さんはまさしく、私と同じ感覚を持つひとだったのだろう。

そして、芽衣子の涙が海斗のそれに感じられて、胸に深く突き刺さる。あのひとは私をとても大事にしてくれた。私と共に、生きていこうとしていた。

昨晩、海斗は私にプロポーズしてくれた。私の誕生石でもあり、私の好きなファイヤーオパールのルースが収まったジュエリーボックスを差し出してきて『結婚しよう』と言った。おれは君と一生を過ごしたい。もしOKだというのなら、明日これをジュエリー加工してもらいに出かけよう。ずっと身に着けていられるよう、君の望むデザインにするんだ。

大きなルースは光を受けてきらきらと瞬いていた。その向こうに照れたように、しかしはっきりと熱情を込めて見つめてくる海斗がいる。あまりの輝きに、眩暈《めまい》がした。誰かにここまで恋われたことなど、一度とてない。

幸福を感じた。ふらふらと彷徨《さまよ》うような生き方はここで終わりにすべきだと思った。ここにいれば、私はきっとしあわせに暮らせるはずだ。

でも、私はあの部屋を出た。逃げ出すように。

ずず、と鼻を啜った芽衣子が続ける。

「あたしはね、死ぬときすら、全部捨てといてって言える藤江さんの人生がどんなんやったのか知りたい。何もかも捨ててきた藤江さんやけど、何かひとつくらい、誰かひとりくらい、繋がりは残してたかもしれん。大事に守ってきたものがあったかもしれん。それを知りたいんよ。知ることができたら、あたしはここから抜け出せるかもしれん」

押入れの上段をすっかり空にした芽衣子は、下段に取り掛かる。煎餅の入っていたと思しき缶や紙袋の中身も全て確認しては袋に入れる。

藤江さんが、最後まで残していたもの。そんなものが、果たしてあるのだろうか。何もかもを捨てたひとが、捨てきれなかったものなんて。

「……何も、でてこないかもよ。何でも捨てられるのは、情のない冷たいひとってことでしょ。捨てたことで誰が傷つこうと平気な、自分本位なひとなんだよ」

そうだ、そういうことだと自分に言い聞かせる。もし藤江さんが私と同じようなひとだったならば、誰かの愛情や思い出など全部捨ててきたはずだ。

「……そんなことない。あたしはね、藤江さんは自分との付き合い方を知ってただけだと思う」

芽衣子は首を横に振る。あたしみたいに過去に縛られて何もできなくなることが愛情深いわけじゃない。未練がましく縋り続けることだけが本気っていうわけじゃない。

「そうかな。私は冷たいひとだと思う。だって、あんなに簡単に写真を焼けるひとだよ」

「お姉ちゃん、ちゃんと思い出してよ。藤江さんの手、震えてたやろう」

え、と呟く。そんなこと、覚えていない。炎の中に溶けて燃える写真ばかりが、印象に残っている。

「ほんとうに酷いひとならそんな面倒なことせずにまとめて燃やしとると思う。どころか、こうしてゴミ袋に入れて捨ててしまえばいいことやん。藤江さんは震える手で一枚ずつ燃やしてた。燃やすたび、痛そうにしとった。罰を受けとるみたいで、だからあたし、あんまり可哀相で怖くなったとよ」

「そんな……そうだったっけ、だってあんなに」

「自分の足でしっかり立って生きていくためには、持ちきれない荷物は捨てないかん。重くて身動き取れなくなるくらいなら、軽くするしかない。そういう生き方しかできんひともおる。藤江さんはそうも言ってた」

私が見ていた景色と、芽衣子の見た景色は違う。捨てることに安堵を見出す私と、捨てられないと嘆く芽衣子の差だろうか。

ぼんやりと記憶を浚《さら》っている間に、芽衣子は押入れの下段も空にした。三段の箪笥の前に移動し、最上段から開けていく。綺麗に整頓された洋服が入っていた。樟脳の匂いがふわりと漂う。芽衣子はそれらもゴミ袋に放って行く。

「あ。納棺前に、藤江さんにお気に入りの服を着せてあげるんじゃないの。この辺りのお葬式っていっつもそうじゃなかったっけ」

「死んだ時用のは、前に教えてもらっとるけん。夏は藤色の麻のツーピースなんよ」

捨てるものであるのに丁寧に扱う芽衣子を見ていると、藤江さんはこの子だからこそ処分を頼んだんだなと思うようになった。やさしい芽衣子。藤江さんの苦しみを理解しようと思考を巡らせる芽衣子。この子だからこそ、全てを頼んだ。そして、藤江さんは芽衣子に自分の残したものを見せてあげようとしているのかもしれない、そんなことまで考えた。

一部屋の荷物を全てゴミ袋の中に収めた芽衣子は、大きくため息を吐いて、こめかみに流れた汗を拭った。窓から風は流れ込んでくるものの、それでは補えないほど気温も上昇している。エアコンのないこの部屋は、ずいぶん暑い。私の背も汗が流れ、シャツがべったりと張り付いている。

「冷たい飲み物でも、家から持ってこようか」

「冷蔵庫の中にお茶が冷えとうはずやけん、それ飲もう」

当たり前のように言う芽衣子に少しだけ笑って、「ちょっと待ってて」と台所へ向かう。ニートになった二年間で、芽衣子は藤江さんとたくさんの時を過ごしたのだろう。この家にも、何度となく通ったに違いない。

冷蔵庫を開けると、綺麗に整頓されていた。といっても、あまり物が入っていない。ラップの掛けられた小鉢に残り物と思しき惣菜と、漬物がちょっぴり入ったタッパーと梅干の瓶。卵が数個。藤江さんの倹しい暮らしぶりが見て取れた。ドアポケットに麦茶の入ったウォーターポットがあったので、それを取り出す。食器棚からコップをふたつ拝借して、なみなみと注いだ。

「はい、お待たせ」

芽衣子は、茶の間として使っていただろうもうひとつの和室にいた。色が剝げかけたちゃぶ台とテレビ、座椅子がふたつ。ガラスの引き戸が嵌った小さな棚の上にはこけしが三体並んでいた。芽衣子は棚の中のものを出して、さっき空いた煎餅の缶に詰めていた。

「それは捨てないの？」

「さすがに通帳なんかは捨てられんでしょ。書類関係は大抵、じいちゃんやお父さんの名前が書いてある。死亡扱いじゃ、何もできんかったやろうね」

コップを芽衣子に渡すと、喉を鳴らして飲み干した。私も同じように麦茶で喉を潤す。よく冷えたお茶は束の間体温を下げてくれた気がする。

「病院とか、どうしてたんだろうね」

「行けなかったんやないかな。健康だけが取り柄なんて言ってたけど、あれは違ったんかもしれん」

不便だったろう、辛かっただろう。後彎症が悪化したのも、年老いてまで働いていたのも、どうしようもなかったことなのだろうと、いまなら想像できる。家族のいる北海道に戻りたいとは、思わなかったのだろうか。

「そういえば、お父さんたちは藤江さんが愛人だったんじゃないかって言ってたね」

「ああ、それそれ。あたしは、違うんやないかなあと思っとる。じいちゃんは、ひとが良くて頼まれたら嫌って言えん性格やったやない？」

そういえば、と頷く。祖父は、私たち姉妹が甘えたらいくらでも我儘をきいてくれるようなひとだったし、それは赤の他人でもそうだった。あんたにしか頼めんのよ、と泣きつかれてお金を貸したことが何度もあって、その度に両親に叱られていた。どんな経緯があったのかは分からないけれど、藤江さんに世話を頼まれて祖父はそれに応えた、というのはあり得ると思った。

「とは言っても、こればかりは分からん。ドラマ化しそうな熱愛があったかもしれんし」

くすりと笑う芽衣子につられて笑う。そういう単語の似合わないふたりだけれど、確かに可能性はゼロじゃない。

「親の恋愛も想像し辛いのに、祖父母の代となると無理だね」

「そうだね。藤江さんがおじいちゃんに口説かれてるって、何かもう脳が処理できない」

結局二杯ずつお茶を飲んで、それから作業に戻った。ゴミ袋や潰した段ボールを玄関先まで運びながら、私は藤江さんのことを考えていた。

彼女が生きている間に、話がしたかった。

もしいま彼女と話ができれば。たくさんのことを訊いただろう。たくさんのことを話し、そして彼女の考えを知りたいと願った。

『あなたは、どう思うん？』

『あなたが、そうしたいん？』

子どものときのあの問い。あのときの私は枠の中にいることを当たり前だと信じて生きていたから剝き出されることに恐怖を覚えてしまったけれど、しかしいまなら分かる。あのひとはただ、私をひとりの人間として見て、ひとりの人間として扱っていただけだった。

ああ、問うてほしい。『あなたは、どうしたいん？』と。そうしたら、私は私のこれからを考え、己が何を願うのか分かった気がするのに。

「ああ！」

芽衣子が、大きく声を上げた。何事かと部屋に戻ると、古びたスケッチブックを手に「これだ」と言う。

「これだ、お姉ちゃん。藤江さんが遺したものって」

「なにそれ。どうして、わかるの」

「分かるも何も、これが上に貼ってあった」

芽衣子が一枚の紙を私に見せる。シンプルな罫線の入ったメモ用紙には、少しよれた頼りない字で「芽衣子ちゃんへ」と書かれていた。

「スケッチブック？　あのひと、絵を描く趣味でもあったの？　意外」

芽衣子に視線を向ければ、芽衣子はスケッチブックを捲《めく》っているところだった。じっと、食い入るように見つめている。

何が描かれているのだろうと覗きこんで、息を呑んだ。

それは、連なる山を背にして笑う子どもの絵だった。

「なに、これ。藤江さんが描いたちぎり絵？　素朴でかわいいじゃない」

目を凝らすと、それは細かく破いた新聞紙でできていることが分かった。新聞の白黒と、カラー部分を使って作られている。

「藤江さんの、故郷かもしれん」

長い時間をかけてから、芽衣子がぽつりと呟いた。これ、雪山やないかな。わざと白を多くしているように見えるし、子どもが着ているのって綿入りのちゃんちゃんこみたい。二枚目を捲る。海か、川か。水面から飛び立つ鳥と、それを指差す大小の手が描かれている。小さな手には薄桃色が使われ、ぷくぷくした子どもの手なのだろうと想像させた。幼子と並んで眠る男性の姿、大きな口を開けて笑う数人の女性、夕暮れの街を歩く大小の影、雪に包まれた街並……。

これはきっと、藤江さんの記憶だ。彼女が大事にしてきた、捨てることのできない思い出の景色だ。写真を持たない彼女は、どうしても捨てることのできない記憶をこんなかたちで残していたのだ。

「どれも、すごく丁寧で分厚い。何度も、紙を重ねていったとやね」

スケッチブックを撫でて芽衣子が言う。細かく裂かれた紙を重ねる作業は、果てしない時間と根気が必要だったに違いない。このスケッチブック一冊に、どれだけの時間がかけられたことだろう。背を丸めた老いた女性が、紙を一心に貼る姿を想像する。それは、ふるい落としてきた記憶を拾い集めている姿にも見えた。出来あがった絵を前にしたとき、彼女はどんな顔をしていたのだろう。ぼんやりと考えていると芽衣子が大きなため息を吐いて、はっとする。

「捨てても捨てられなかったもの、か。よく考えればあたし、大事に残したい彼との思い出の景色なんて、ない。ちゃんとあったはずなんやけど、妬《ねた》みとか執着に塗れて、どっかに消え失せとる。もう、思いだせん」

寂しそうに芽衣子が笑う。あんなに縋ってたのに、はっきりと思いだせるのが嫁のSNSの文章なんて、馬鹿もいいところばい。これはさすがに、情けない。その口調は、さっきのように泣き出しそうではあったけれど、しかしすっきりともしていた。

芽衣子はゆっくりとページを捲っていく。様々な風景がある。人は皆、柔らかく笑っている。

「あ」

芽衣子の手が止まる。覗きこめば、トウモロコシを手に満面の笑みを浮かべる女性の絵が、作りかけられていた。まだ三分の一ほど貼られていないけれど、それでも私はそれが誰だか分かった。

「これ、芽衣子だね」

「やっぱそう思う？　あたしよね、これ」

少し前歯が出た歯並びや、笑うと目が細く糸みたいになってしまうところは、芽衣子そのものだった。昔の、屈託なく笑っていた芽衣子の顔。

「芽衣子の特徴がよく出てる」

「えー、あたしってこんなに馬鹿っぽく笑っとる？」

ぷう、と頬を膨らませた芽衣子だけれど、すぐに表情を和らげた。

「あたしといた時間も、大事にしてくれたんやねぇ。うれしい」

じっと眺めてから、芽衣子はスケッチブックを閉じた。膝の上に置く。それ、どうするつもりなのと訊いた。

「もちろん、大切にする。大事な記憶を、あたしに託してくれたんやけん」

「……そう。いいね」

藤江さんもきっと、喜ぶと思う。

「よかった」

しばらくの沈黙のあと、芽衣子がぽとりと言葉を落とした。藤江さんがこれを残してくれていて、よかった。こんなに幸せそうな記憶を残してくれたことで、あたしは救われた気がする。何を捨てても、幸福の記憶は消えない。あたしもずっと心に残るような幸せな景色を抱えて、生きていきたい。

表紙を見つめる芽衣子をひとりにしようと、台所へ向かう。お茶をもう一杯、と準備をしながら、自分の過去を思い出す。初めての研修で出会った、頑固な糖尿病患者のおじいさん。この仕事で生きていこうと誓った戴帽式で、隣で涙ぐんでいた級友。二度目の恋人とは厳島に行って鹿と遊び、朝来市で出会った同僚とは狛犬巡りの旅をした。海斗とは、たった一年ほどなのに数えきれないくらいの思い出がある。

ああ、大事なものもある。私の中にちゃんと残されている。

これから先、私はどう生きるのだろう。藤江さんのように、どこか安住の地を見つけてひっそりひとりで生きていくのだろうか。誰かに抱え続けた思い出を預けて、そっと逝くのだろうか。それとも？

知らず、目に涙が滲んでいた。何の涙なのかは分からない。それを乱暴に手の甲で拭う。お茶の支度をして、芽衣子のところへ戻った。

芽衣子は残りの荷物を袋に詰めているところだった。その表情は明るくなっているように思う。コップを渡すと美味しそうに飲み干して、芽衣子は言う。

「お姉ちゃん、さっさと終わらせちゃおう。結構な時間が経ってるし、オババたちに気付かれるかもしれん。それに、そろそろ葬儀会場も決まったやろう」

「そうだね」

ちゃぶ台に視線をやれば、スケッチブックが置いてある。それを見ながら、訊く。

「ねえ芽衣子。もし、これが邪魔になったらどうするの。捨てちゃうの？」

「へ？」

「このスケッチブックの扱いに困ることもあるかもしれない。他人の思い出が邪魔にならない可能性なんて、ないじゃない」

芽衣子が手を止めて、不思議そうに私とスケッチブックを見る。それから、捨てられんよ、と当たり前の口調で言った。

「もしかしたら形としては、いつか捨てる日も来るかもしれん。でも、ほんとうに捨てるってことはできん。ずっと大事にしたい、抱えて生きたいものってどうやっても捨てられんのよ。心の中でかたちを変えて、自分と折り合いをつけて存在していくだけ。いま、教わったばかりでしょうが」

へはは、と芽衣子が笑う。「そうだった」と私も笑った。

＊

藤江さんの通夜・葬儀は結局、町の公民館で執り行われた。母たちが箝口令をしっかりと敷いたおかげか、藤江さんは祖父の母方の従妹というまま、情報が漏れることはなかった。

「疲れたぁ。今回は本当に、疲れた」

火葬場で焼き上がりを待つ間、私と芽衣子は並んでジュースを飲んでいた。葬儀の手伝いには慣れているつもりだったけれど、四年も土地を離れていればいろいろと勝手が違っている。それに、今回は事情が事情なだけに随分気を使った。手続きのために役場に走らされることも多くて、その疲労は普段の比ではない。

「藤江さん、息子さんおったね」

ペットボトルを弄んでいた芽衣子がぽつりと呟く。手続きの途中で、藤江さんには六十三になる息子さんがいたことが分かった。連絡先まで分かったので電話をしてみたら、彼の妻だというひとが出た。夫は認知症を発症して以来、施設に入所しております。幼いころに行方不明になって死亡宣告を受けた実母が亡くなったと言われましても、こちらとしても困ります。母たちはなんて非道なことをと憤っていたけれど、仕方のないことだ。見も知らぬ義母の生死など、彼女にとっては迷惑な禍に過ぎないだろう。

「あの絵の子どもはきっと、息子さんだったんだろうね」

「どんな事情があって、捨てたんやろうねぇ」

いまとなっては、誰にも分からない。ぼうっとしていると、芽衣子がふいに言った。あたし、今度北海道に行こうかと思う。藤江さんの絵を見てたら、行ってみたくなったと。

「ふうん、いいね。私も、一緒に行こうかな」

あの絵は、そういう思いにさせる何かがあった。彼女が見て、心に刻んで生きてきた景色を実際に見てみたい。

え、本当に？　と芽衣子が声を明るくする。姉妹旅行なんて、初めてやないかな。旅行の計画、立てようよ。

「それならあんたは、ちゃんと再就職しなさい。ニートが北海道旅行なんて、贅沢すぎ」

「働くよ、もちろん。明日からハローワークに行くつもりでおるし」

ふん、と芽衣子が頬を膨らませる。

「ちょっと、萌子ー。みんなが冷たい緑茶飲みたいっち言うんよ。外の自販機でペットボトルのお茶買って来てちょうだい。全部で五本ね」

遺族控室の方から、母の声がする。はいはい、と立ち上がる。

「お姉ちゃん、私も行こうか?」

「いいよ。ちょっと行って来る」

バッグを持って、外へ出た。山奥にある火葬場は、蟬の音がうるさいくらいにこだましている。仰いだ青空の端には入道雲が膨らみかけていた。眩しさに目を細める。

ふと、バッグの中からスマホを取り出す。少し考えてからLINEを起動し、海斗のブロックを解除した。

『この間は、ごめんなさい。私は、誰かと一生一緒にいる、と考えるだけで怖くなるんです。だから、逃げた』

メッセージを送信する。既読はつかない。仕事中かもしれないし、向こうも私をブロックしているかもしれない。

『これから先、どう生きていくべきか。改めてきちんと考えてみようと思います。考えるきっかけをくれて、ありがとう』

藤江さんの絵を見た時、私は彼女の丸まった背中を思いだした。芽衣子は幸せな記憶と言ったけれど、私は、どこか哀しくなった。己の手で捨てた思い出を掻き集めてかたちにする姿がどうしても自分自身と重なって見えて、なんて虚しいのだろうと思ってしまった。手放したものをちぎった新聞紙で絵に変えて眺めることに、どんな幸福があったというのか。

もちろん、藤江さんがどう感じたかは私には分からない。幸せだったと微笑んだ、ということもあるだろう。しかしそれは、私の望む未来の答えではないように思う。

ぽこん、と既読マークがついた。少しして、メッセージが届く。

『待っていたい』

大きな声で、油蟬が鳴いた。見れば、傍の木に二匹、張り付いていた。高らかな声がふたつ、重なり合っては、響く。じっと眺めていると、一匹が飛び立っていった。声が響きながら別れていく。

返事は、できなかった。スマホをバッグに入れて、自販機に向かって駆け出す。そうしながら、夏の北海道の空は高いだろうかと考えた。突き抜けるような青空の下を姉妹で旅する画を思い浮かべた。

くろい穴

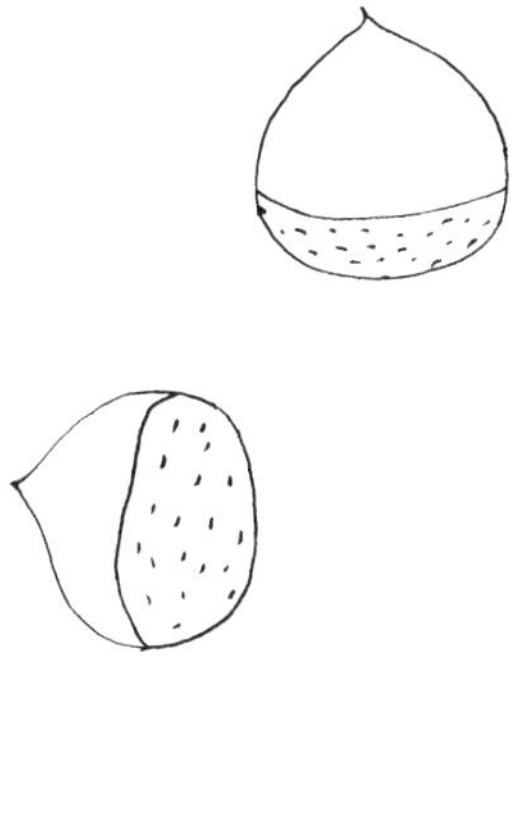

八百清《やおせい》の肇《はじめ》さんは、私のことを『チヨさん』と呼ぶ。それは私の名前ではない。私の祖母の名前だ。世間話をしていた際に、偶然にも、私の祖母と、肇さんの亡きお母さんの名前が一緒だと分かった。それだけの理由で彼は、私を『チヨさん』と呼ぶようになったのだ。

「チヨさん、こんなに栗を買ってどうするんだい」

土曜日の夕方、笊二盛分の生栗を買い求めた私に、彼は不思議そうに訊いた。

「一人暮らしだろう？　毎日栗ご飯でも作る気かい」

「ううん、違うの。渋皮煮を作るの」

お金と大きく膨らんだビニール袋を交換して、私はもう一度言った。

「明日は渋皮煮を作るの。チヨさん直伝の、渋皮煮よ」

蜆《しじみ》のような小さな目をくるりとさせて、それから彼は笑った。ああ、いいねえ。あれはとても美味い。さすがチヨさんだ、そんなことまで孫に教えてるんだねえ。

「美味しくできたら、おすそ分けを持ってきます」

「やあ、嬉しいねえ。じゃあ、栗をもう少しおまけしておくとしよう」

そうして、また少し膨らんだ袋を持って、私はアパートへと戻った。

駅前商店街から徒歩二十分のワンルームのアパートは、狭いけれどとても居心地がいい。私の部屋は三階で、南向きに大きな掃出窓があって、一畳ほどのベランダがある。窓からの景色は、よくない。アパートの裏側は霊園になっていて、みちみちと墓石が並んでいるのだ。しかしそのお蔭で、家賃は格安。ときどき法要のお経が風に乗って聞こえてくるけれど、普段は騒音とはまったく無縁で、とてもいい部屋だ。

家に帰った私は、持ち前の中で一番大きな琺瑯鍋《ほうろうなべ》に水を張った。買ってきた栗を放つ。一晩じっくり水に漬けて、鬼皮を柔らかくするのだ。その後、夕飯にキャベツとウィンナーのペペロンチーノを作った。それをお箸で食べながら、携帯電話でメッセージを打つ。

『明日、奥様のために渋皮煮を作ります。夜に、取りに来て下さい』

奥様に、ってわざと入れた。それくらいのことしてもいいよ、ともうひとりの自分が言う。自分の奥さんのために栗の渋皮煮を作ってくれ、なんていう図々しい願いを聞いてやるのだ。それも、不倫相手である私に。これくらいのこと、嫌みにもならないよ。

つるつるとパスタを啜り、ゆで過ぎて歯ごたえのなくなったキャベツを噛む。皿を洗い、お風呂に入って、ベッドに潜り込んだときにようやく返信が来た。

『十九時に行きます。よろしく』

事務的な内容に、いちいち既読を付けなきゃよかったと思いながら目を閉じた。

翌日は、快晴だった。

日曜日の朝が晴れているというのは、嫌なものだ。外に出て早く何かしなくてはいけないのではないかと無駄に気忙しくなってしまう。カーテンの隙間から力任せに入り込んでくる光にうんざりしながら、ベッドから這い出た。せーのでカーテンを開けて、いつもと同じように詰まっている墓石たちを見下ろす。彼岸の中日のせいか、菊の花がそこかしこに見えた。

「さて、美鈴《みすず》ちゃん。今日はチヨ直伝の渋皮煮をこしらえましょかね」

北九州で一人暮らしを営んでいる父方の祖母、チヨさんの口真似をして、私はのそのそと朝の身支度を整える。それから、お気に入りのライオンコーヒーを淹れ、買い置きのマフィンで朝食をとった。

渋皮煮で面倒なのは、やはり最初の鬼皮剝きだろう。固い皮を剝くのはとても疲れる。しかも、内側の渋皮を傷つけないようにしなくてはいけないので、やみくもに力を入れて刃を立てればいいというものでもない。

掃出窓の前に、新聞紙を敷いた。そこに、栗の入った琺瑯鍋と笊、水を張った大きなボウル、ナイフを並べる。胡坐《あぐら》をかいた私は、水に浸かっていた栗を手にとった。刃を当てて、ゆっくりと皮を剝いていく。

八百清さんの扱う品は、瑞々しくて状態がいい。葉野菜はぴんと張っていて、根菜はがっしりと重い。果物は甘くて、外れを引いた試しがない。この栗も、当たりだ。どれもがふっくらと丸みを帯びていて、鬼皮が柔らかくて薄い。水に漬けていると質の悪いものはぷかりと浮いてくるはずだけれど、それもない。肇さんの商品を見る目はとても確かだ。

水気をしっかりと含んだ皮は、少しの力で削れた。刃を入れてぐっと引けばそれだけで剝ける。私は前のめりになり、時折気に入っているアーティストの新曲を口遊《くちずさ》みながら、鬼皮を剝いた。網戸にしているので、そよそよと秋風が入り込んでくる。垂らした髪が揺れて邪魔になったので、黒ゴムを探して後ろでひとつに纏めた。前髪はアメピンで留める。

渋皮だけになった栗を、ボウルにどんどん入れていく。笊にはぺらぺらの鬼皮が溜まっていった。半分ほど剝き終わったところで、ふうと息をついて手を止めた。水にずっと触れていた手はふやけ、爪の間には茶色い滓《かす》が入り込んでいた。親指にはいつの間にか、幾つかの切り傷が出来ていて、うっすらと皮が捲れている。爪先がピリピリと痛んだ。

大きく伸びをしてからだをほぐす。腰の辺りがぱきぽきと鳴った。

「ああ。私、何やってるんだろ」

独り言ではすまない大きさで声に出した。三十路を目前にしたいい年の女が、せっかくの快晴の日曜日に、髪の毛をひっつめて部屋に籠もり、ちまちまと栗の皮を剝いている。それも、好きなひとの奥さんのためなんかに。何やってるんだろ、本当に。もっと有意義で建設的なことがあるのではないか。

『前に一度、美鈴が会社に栗の渋皮煮を作って持って来たことがあったよね』

それは数日前、真淵《まぶち》さんと慌ただしいセックスを終えた後だった。忙しい彼がようやく空けた時間を貰えた私は、それがたとえ僅かでも嬉しくて、汗ばんだ彼の体に蟬のようにぴったりとへばりついていた。

『ああ、作ったね。覚えててくれたんだ。あのときはまだ、こんな関係じゃなかったよね』

自分調べ、一番可愛い声で答えた。とっても嬉しかった。

あれは私が入社した翌年のことだ。祖母から大量に送られてきた生栗の扱いに困った私はそれを全部渋皮煮にして、会社に持って行った。子どものころから祖母の栗仕事の手伝いをしていた私にとって渋皮煮は得意料理でもあったので、出来には自信がある。実際とても好評で、瓶詰にしたものはあっという間にみんなに貰われていった。あのとき、ただの上司であった真淵さんも、瓶をひとつ持って帰ってくれた。そんなちっぽけなことを、彼はきちんと覚えていてくれたんだ。

『その渋皮煮なんだけどさ、作ってくれないかな。いまちょうど栗の時期だろ』

『それは、いいけど。でもどうして？　真淵さん、甘い物苦手じゃないの』

訊けば、彼は少しだけ口を噤み——いま思えば、もう少し躊躇《ためら》ってよと詰《なじ》りたくなる。あんまりにも無神経すぎる——重たそうに唇を動かした。

『嫁さんが、食いたいってうるさいんだ。いろんな店のものを買ったんだけど、洋酒が利き過ぎてるとか、香料が入ってるとか文句ばっかり言って食わなくて。思い当たる店は全部だめだった。そしたらあいつ、美鈴が前に作ってくれたあれがいいって。すごく美味しかったからあれじゃないと嫌だって言うんだ』

愕然とした。彼との関係は、もう五年に及ぶ。その間、彼は私に奥さんの話なんて一切しなくて、家庭の匂いをさせないように気を配っていた、はずだった。それが当然のマナーであるかのように。なのにどうしていまになって、それを放棄したのだ。

『奥さん、料理上手だって噂を聞いたことがあるよ。どうして私に頼むの』

棒読みで返したのは、私が不愉快になっていると察して欲しかったからだ。しかし、彼は『自分が作るより美鈴の作るものの方が美味しい、って』と言う。

『言い出したら、きかないんだ。だからほんとうに申し訳ないんだけど、作ってくれないか。嫌な思いさせることとお願いしてるのは、分かってる。ごめん』

彼は私を抱きしめて、肩口に顔を埋めた。すうっと血液の温度が下がってゆくのが分かる。彼が今日わざわざ時間を空けたのは、このためだったのだ。ここ半年ほど私のことをなおざりにしていた彼が急に誘って来るには、理由があった。ただ喜んでいた自分に腹が立つ。なんて都合のいい馬鹿女。

結論として、私は彼の頼みをきくことにした。渋皮煮と引き換えに、旅行に連れて行ってもらおう。一泊の温泉旅行なんて素敵じゃないか。それに、家まで取りに来てね、という条件を付ければ、またすぐに会うことができる。多少の不快はあれど、いいことだってある、そんな風に考えたのだった。

だけど、時間が経てば経つほど虚しさが増していった。怒って拒否しなかった自分を情けなくさえ思った。

ナイフと栗を手にして皮剝きを再開し、小さく息を吐く。こんなものと引き換えにして何かを得ても、束の間の幸せにしかならない。手間の代わりに抱いてもらったって、喜べるはずもない。彼と泊まりでどこかに行ったのはさて、いつだったか。彼の出張について行って、ホテルでぼんやりと帰りを待っていたあれだっただろうか。取引先と会食が入った、と彼は日付が変わるまで戻ってこなくて、お酒の臭いをぷんぷんさせて帰ったかと思えばトイレの前で嘔吐した。わたしが掃除をしている間にダブルベッドで大の字になって寝て、明け方にようやく起きたら挿入するだけのセックスを五分ですませてまた寝た。あんな旅行なら、行かない方がマシだ。

別れるべきなんだろう、ほんとうは。彼が線引きを超えてきたのは、私との新しい一歩を踏み出すためではない。こんなことでもきっと赦す女だろう、と私を軽んじた。彼の中での私の価値が目減りしただけだ。

だから私は、それを受け入れずに別れ話を持ちださなくてはいけない。これ以上自分の価値を貶《おとし》めないために。私がしなくてはいけないことは、携帯電話を手にして別れを告げることと。でも頭では分かっていても、手は作業を止めない。馬鹿女のからだはやっぱり馬鹿なのだ。ううん、違う違う。だってこのまま栗を捨てるのはもったいないから。それに、肇さんにもおすそ分けするって言っちゃったし。栗だっておまけしてもらったし。ぶつぶつと言いながら、皮を剝く。

ふと、手が止まった。一ミリにも満たない虫食いの痕がある栗を見つけた。試しに、皮を剝く。渋皮の周りが少しだけ黒くなっていて、ぷつんと小さな穴が開いていた。虫食いの栗というのは普通、水に浮かぶものだけれど。

『虫食いの栗は捨てんしゃいよ、煮ても仕方ないけん』

祖母の言葉を思い出して捨てようとして、止める。まじまじと眺めてみると、穴は実の奥まで続いているように見えた。小さな、くろい穴。この中にはまだ虫がいるだろうか。一晩水に漬けられて、死んだだろうか。いや、穴の奥まで水は滲みこまなくて、生きているかもしれない。ぼうっと穴を見つめながら、しばし、中に存在するかもしれない虫の事を考えた。それから私は綺麗に鬼皮を剝いて、その栗をボウルに落とした。ぽちゃんと音がして、沈んだ。

すべての栗の皮を剝き終わると、灰汁《あく》抜きの作業に移る。琺瑯鍋に栗を入れ、被るくらいの水を入れる。重曹をふりかけ、中火にかけた。

白い鍋肌から小さな気泡がゆらゆらと上ってくる。みっちりと敷き詰められた栗を見ながら、私は茶色く汚れた指先を丹念に洗った。

それから、冷蔵庫から冷えた瓶ビールを一本取りだす。エメラルドグリーンの瓶が可愛らしいそれは私のお気に入りだ。冷蔵庫には常に、これがきんきんに冷えて待機している。赤い栓抜きで開け、瓶に直接口をつける。癖のない軽い口当たりの液体がするすると喉を流れていく。日曜日の、午前中からの飲酒は得も言われぬ背徳感があって好きだ。悪いことをしているようで、しかしそれが少し心地よい。昔、学校をずる休みしたときの気分を思い出す。冷蔵庫の中から干からびかけたチーズとサラミを取りだし、口に放った。ほどよい塩分を、ビールで飲み下していく。外から甲高い声がして、瓶を片手にベランダに出る。下を見下ろせば、墓参りに来たらしい家族連れがいた。幼稚園児くらいの子どもふたりが細い通路で追いかけっこをして、母親に怒られていた。

真淵さんには、確か娘がひとりいたはずだ。年齢は知らない。四十を目前にした真淵さんは結婚が早かったという話だし、娘はあの子どもたちより大きいかもしれない。

私の作っている渋皮煮は、その子の口にも入るのだろうか。

ベランダのフェンスに体を預け、ビール瓶を傾けながら家族連れを眺める。仏花を供え、線香をあげると彼らは帰って行った。子どもたちはまた駆け出して、母親にやっぱり大きな声で怒られていた。ねえお母さん、帰りはどこでご飯食べるの。あんたたちがこれ以上言うこと聞かないなら、お家でお茶漬けだよ。ええ、イヤだあ。遠ざかる声を聞きながら、淡く溶けていく線香の筋を眺める。少しだけ、私の鼻先まで匂いが届いた。粉っぽい、故人を偲ぶ煙の匂いは、祖母の家の匂いにどこか似ている。

瓶の半分ほど飲んだところで、くつくつと音がするのに気付いてキッチンへ戻った。沸騰しかけていたので弱火にして、中を覗きこむ。鍋の中は、重曹に引き出された灰汁によってどす黒い液体に変わっていた。赤黒い泡がその上に膜を張り、栗の存在が分からなくなっている。魔女料理そのものだわ、と小さく声に出した。子どもの頃も、真っ黒になってしまうこの鍋の中身を見て、お伽噺《とぎばなし》に出てくる悪い魔女の料理のようだと思ったものだ。悪い感情だけを煮込んだ、お姫様を殺してしまう恐ろしい魔女料理。

それは言い得て妙ってやつやねえ、美鈴。『アク』は『悪』やけん。悪いもんが全部出とらすのがこの汁たい。これば煮詰めたら、ひとひとりくらい、どうにでもできるかしれん。

まるで自分こそが悪い魔女のように声を低くして凄んでみせた祖母に私は恐怖を覚えて泣きわめき、祖母は慌てていつもの笑顔を作ってみせた。安心しい、アクば、ぜーんぶ捨てるとやけん。誰に食べさすもんじゃなかけん。ああ、美鈴はやさしい子やねえ。そう言って大きな口を開けて笑った。

十分ほど弱火で煮込んでから、中身をそっと笊にあげる。鍋を洗い、再び水を張る。それに、笊の中の栗をそろそろと入れた。

次は栗を洗う。ここから、栗の扱いは慎重にならなければならない。扱いを雑にするとすぐに皮が破れてしまうのだ。また、栗を乾燥させてもいけない。少しの乾燥で、ひびが入ってしまう。破れやひびのある栗はここで除いておいて、別の料理に使うことにする。渋皮煮は、美しい艶だけでなく傷がひとつもないからこそ、別名を黒い宝石というのだ。

余分な渋皮を指腹で丁寧にこすり取り、筋を取る。栗には必ず太い筋が一本あって、それは竹串で掬い取る。程よく火が通っているため、面白いくらいするりと剝がれる。だけど、調子に乗らずにそうっとやる。少しの慢心が、柔らかくなった実を傷つけてしまう。

私はこの作業が一番好きだ。生栗の山がここを経て、一個の粒たちに変わるのだ。僅かな傷もつけないよう細心の注意を払って扱えば、宝石の原石になる。

ゆっくりと渋皮を撫でる。やさしく、労わるように。そうしてすっかり綺麗になった栗は、水を張ったボウルの底に沈める。余計なものを無くした栗はゆらりと水底で揺れる。世界には様々な料理があるけど、こんなに大切に扱われる食材があるだろうか？　きっと、ないよね。

ときどき、濡れた手でビール瓶を摑み、喉を潤す。時間をかけて、栗を洗う。数粒の栗に傷やひびが入っており、横に置いておく。どれだけ気を付けていても、ほろりと崩れてしまうものがいる。残念だけれど。

鍋の栗がなくなりかけたころ、黒い穴のある栗が現れた。穴あきの栗は不思議とひびなど一切入っておらず、黒い点はまるで模様であるかのように当たり前にするんとしていた。竹串で筋を取っても、指で擦ってもやはりするんとしていて、綻びはない。私はそれを丁寧に洗って、ボウルにやさしく落とした。穴は変わらずそこにある。

二度目の灰汁抜き作業に入る。重曹は、水から入れなくてはいけない。鍋にひたひたに入れた水の上に重曹をふりかけてから、火を点けた。そこでふいに、携帯電話が鳴った。真淵さんかもしれないと慌てて取って、はっと鼻で笑う。夜に、と言えば夜にしか連絡をしないひとじゃないか。自嘲しながら通話ボタンを押す。それは、同期の久保田《くぼた》くんだった。彼が私のことを好き、ということを教えてくれたのは真淵さんだ。モテるじゃないか。少しくらい、やさしくしてやるといいよ。そう言いながら、彼は私の乳房に嚙み付いた。いつもより乱暴に。同期の恋心も、真淵さんにとってはセックスの興奮剤に過ぎないのだ。

美鈴ちゃん。いま何してる？　これから一緒にランチでもどう？　そんなことをもたもたと話す彼にそっと笑う。あなたのそんな行動で、悦ぶ男がいるのよ。クソだと思わない？　そんなことを考えながら、私は申し訳なさそうな声を出す。ごめんなさい、久保田くん。いまね、栗を煮てるの。そう、栗。私、渋皮煮が得意なんだ。一度、会社に作って持っていったでしょう。美味しいって久保田くんも言ってくれて……ああ、覚えてない？　そうか、それもそうだよね。だって、入社した次の年にしか作ってないもんね。ええ？　そりゃ細かく覚えてるよ、自分のことだし。でも、ちゃんと覚えてくれてるひともいる、と思うけどなあ。絶対いるよ、ひとりくらい！　あ、やだ、別に覚えていないからって久保田くんを責めてるわけじゃないってば。苛々なんて、するわけないじゃない。

話しているうちに、鍋がコトト……と音を立て始める。栗は、絶対に躍らせてはいけない。

栗と栗の僅かな衝突でさえ、傷を生み出してしまうのだ。私は火を弱めて、彼に早口で言った。いまね、栗がとても大切なところなの。そう、電話をしてる余裕はないんだよね、悪いけど。また、休み明けに会社でね。彼の返事を待たずに乱暴に通話を終えて、携帯電話をベッドに放った。ぽすんと落ちる音を背中に聞きながら瓶を手にする。喉を鳴らしてビールを飲む。一気に飲み干してから、ぷは、と息をついた。

シンクに手を付き、深く呼吸する。

はっきりと、動揺していた。

こんなに手間をかけて大事に作っても、必ずしもひとの記憶に残るわけではない。だから、自分の特別が誰かの特別になる、というのはとても価値のあることだ。滅多にあることではないと思うべきだ。忘れていた久保田くんを責める気などは毛頭ないし、それに対して心を揺らしているわけでは、もちろんない。ただ、気付いてしまった。私の渋皮煮のことを、私のことを好きだという男でなく、どうしてただの上司の奥さん——不倫相手の奥さんが覚えていたのかという、その理由を。

彼女はきっと、自分の夫と私の関係に気付いているのだ。

私たちは上司と部下の仲が行き過ぎた、よくあるといえばよくある形の始まりだった。うまく職場に馴染めないでいた私のことを上司である彼が気にかけ、話を聞いてくれた。食事に誘われ、その席で慰めてくれた。何度目かの食事で俺が傍にいるよ、という使い古された手垢まみれの言葉を与えられ、うぶで馬鹿だった私はこんなことを言ってくれるなんて運命のひとなのかもしれないと勘違いをし、彼に求められるままにからだを預けた。からだを重ねれば情が湧いて、好きですと言えば、俺は愛してると返された。そんな、ありきたりな感じ。

いくらうぶで馬鹿といえども最低限の知能はあったので、関係を悟られないように注意を払っていたつもりだった。けれど、五年という期間に何のミスもなかったかといえば嘘になる。仕事帰りにホテルにもつれ込んだことは何度もあるし、彼の出張にもついて行った。綻びなんて実際はいくつも出ていたかもしれない。気付かないほうがどうかしている、そんな気もしてくる。

でも、気付いたなら気付いたで、何でこんなやり方をするの。妻の余裕ってやつ？　自分の我儘ひとつで私を動かせる、そんな意地悪？　彼が自分を捨てて私の所へいくことはない、それくらいの自信はきっと、あるのかもね。だって私には、彼が私を選んでくれるという自信はない。五年の間に、彼は愛してるとは何度も囁いてきたけれど、離婚という単語は一度も口にしなかった。彼の心に私を妻にする未来が描かれたことなんて、たったの一度もないかもしれない。

きっと、私みたいな女が都合のいい女って呼ばれるんだろう。蔑《さげす》まれて指を差されて嗤《わら》われるやつなんだろう。それくらい自覚してる。でも、どうしても別れられない。私は嫌になるくらい、男に依存する女だから。男がいないと、何もできずに立ち尽くしてしまう情けない女だから。

　でもそうさせたのは、他でもないあなたの夫だ。ひとりが寂しいとき、辛いとき。誰かに縋りたいと思うとき——心が飢えたときに甘いだけの菓子を与え続けられたから、私は依存する女に成り下がってしまったのだ。

　あなただけには、嗤って欲しくない。

　彼の妻に思う。あなたは彼に、その場しのぎの菓子ではなく滋養のあるものをたっぷり食べさせてもらっているんでしょう？　もしかしたら、私がありがたがってもらっているのは、あなたの食べ残しかもしれないですね。そんな私を、馬鹿にするな。あなただって不安になれ。真っ黒な想いを抱えろ。私と同じように。

　はたと気付けば、ゆで汁は真っ黒になり、灰汁の泡が膜を張っていた。おたまでそれを掬う。急いで、しかしそっと。その間にビールは、二本目になった。飲みやすいのがいけないのだ、うん。そう独り言ちながら、おたまを動かす。泡はいくらでも湧いてくる。黒い煮汁から、どんどん。

　二度目の、水替えをする。水替えといっても、もう笊にあけるような乱暴なことはできない。鍋肌から、栗に当たらないようにそっと水を流し入れていくのだ。透明な水が濃い煮汁を流し去り、鍋の中はだんだんと透明度を取り戻していく。水が綺麗になったところで、再び栗を洗う。さっきよりも大事に、慎重に。

ここでまた、数粒の栗が脱落した。ぱっくりと裂けた実を見て、少しだけ寂しくなる。こんなにも、手をかけて大事にしたのに。私はそれらを除いて、綺麗な粒だけを集める。その精鋭の中に、穴あきの栗は残っていた。またも、綺麗に形を保っていたのだ。私はくろい穴を覗きこむように、栗を翳《かざ》した。虫が這い出てくるわけでも、死骸が出てくるわけでもない、小さな穴。本来捨てるべきものなのに、まっさきに崩れるはずなのに、こうして残っている。これは一体どういうことだろうか。

じっと見ていると、次第に、この穴からすべてのアクが出てきているのではないかという気がしてきた。これは虫が開けた入り口ではなく、出口ではないのか。アクの出てくる、出口。

「まさかね」

酔ったのかな。いやいや、このくらいで酔いが回るわけない。肩をすくめて、三度目の灰汁抜き作業に入った。しかし、灰汁はまたも出てくる。これだけ煮てもまだ、煮汁はどす黒くなる。こんなにも出るものだっただろうか。私は何か、大事なことを忘れているのではないのだろうか。手順とか、入れなくてはいけないものとか。だいたい、重曹でよかったんだっけ？　米のとぎ汁でも灰汁抜きできるという話も記憶してるし。

いっそ祖母に訊いてみようと、ベッドに投げた携帯電話を取り上げて番号を呼び出す。けれど、発信ボタンを押す前に思い直す。いや、大丈夫だ。何度も祖母と共に作った渋皮煮の作り方を忘れるなんて、そんなことあるはずがない。祖母は私にいつだって根気よく教えてくれたじゃないか。たったひとりの孫娘である私にこの味を覚えて欲しいから、と丁寧に。そう、私はチヨさんの栗の渋皮煮をちゃんと覚えている。記憶があいまいになっているのは、私がさっきの動揺をいまだに引きずっているからに過ぎない。

携帯電話を再びベッドに放る。ぽんと沈んだ様子を見たとき、ついさっき感じの悪い電話の切り方をした自分を思いだした。ああ、久保田くんには悪いことをした。八つ当たりのような真似をしてしまった。明日、お詫びに渋皮煮をあげよう。これを作るのはとても面倒だから。他のことを考えてる暇はなかったんだよね、と言って。そう、面倒だから確信のない想像なんか、してはいけない。確証はない。私の思い過ごしかもしれないのだ。例えば、奥さんは誰が渋皮煮を作ったのか全然知らなくて、真淵さんの方が覚えていたとか。うん、そうかも。渋皮煮なんて私以外作ったことないもん。

時間が来たので、三度目の水替えをした。また数粒が脱落し、そしてくろい穴の開いた栗は、やはり残った。次は、重曹抜きをする。これをしないと、灰汁とはまた違う嫌な苦みが残ってしまうのだ。水から火にかけて、栗に滲み込んだ重曹を抜いていく。

鍋を火にかけてから、数日前に買っておいたバケットを、薄く五切れほど切った。バターを塗り、チーズの残りを載せる。それをトースターに入れておいて冷蔵庫を漁ったら、奥の方から貰い物のスモークサーモンのパックを発見した。これはなかなか、と焼きあがったパンに載っけて、オリーブオイルを少しだけかけた。

「おいし」

キッチンに立ったまま、パンを齧る。喉が渇けば、瓶に口をつけた。ああ、このビールはほんとうにいけない。癖がなさ過ぎて、何にでもそれなりに合ってしまう。五切れ全部を胃に収めたころ、鍋がふつふつふつと沸騰を始めた。しばらく煮て、火からおろす。またも、そっとゆで汁を捨てて新たな水を張る。

鍋の中央にはちょうど、あのくろい穴があった。脱落した栗の分だけ隙間ができ、いくぶんゆったりした鍋の中で、それはやはりきちんと形を保っていた。どうして、と思う。どうして、崩れなくてよいものが崩れ、崩れるべきものが崩れないのだろう。それは、アクの穴があるから？　少しだけ、蛇口から溢れる水を栗に直接落としてみる。くろい穴はコトコトと揺れたものの、しかし形は失われない。私は水を止め、鍋をただ見つめた。

何度灰汁を取ってもきっとこの穴からアクは流れ出る、と確信めいたものを感じた。小さな穴からとろとろと流れ出たそれは、水を何度でも黒く染めるのだ。水を変えても、重曹を入れても、アクは永遠に抜けない。

何で、こんなものが鍋の中に当たり前にいるのだ。いや、私が、入れたのだ。こんなもの、手で摘まみあげて三角コーナーに放ればいい。だけど、私の手はそれをせず、鍋をコンロに載せて、火を点けた。カチカチ、と火花が散って青い焰が点く。

残るは、甘みづけだ。たっぷりの三温糖を、数回に分けて入れていくのだ。ワインレッド色の煮汁から、こぷこぷと気泡が上がりだす。温度が充分上昇したのを確認して、三温糖を入れる。鍋の中央に居座っているくろい穴を隠してしまうように入れた。しかし三温糖はすぐに溶け、穴はすぐに姿を現す。くつくつ、くつくつと鍋は静かに煮える。栗は動かない。くろい穴も。

煮汁が濃くなっていく。三温糖の甘い香りが室内を満たす。くろい穴は濃い茶色に染まって消えるかと思いきや、存在感を増していった。仕上げの水あめを垂らし入れるそのときも、穴は確かにいた。アクを流しながら。ずっと見つめてきた末、もうこれは壊れることがないのだと、私は悟った。誰かの口に入るか、誰かの手によって捨てられるかしかない。少なくとも、私にはもはやどうしようもない。

窓からオレンジ色の光が室内に忍び寄るころ、鍋が冷えた。栗にはきっと三温糖の甘さがじっくり滲み込んだことだろう。緑の空き瓶を片づけてから、私は煮沸消毒をしておいたガラス瓶に、栗を一粒ずつそっと入れていった。大きな栗は、五粒ほど入れたら瓶を満たしてしまう。実が浸るように煮汁を入れてから、煮沸して蓋を固く閉める。もう一度、瓶ごと煮る。きちんと殺菌した栗は、ゆうに半年は持つ。祖母は、正月のお節に必ずこの渋皮煮を入れていた。家族の誰もが栗きんとんよりも渋皮煮が好きで、最初になくなったものだ。

たくさんの瓶の中の一つに、くろい穴のある栗を入れた。

ぽとん。

夜十九時を回ったころ、真淵さんはやって来た。手土産と言って持ってきてくれたのは私の好きなお店のたい焼きで、こしあんとクリームが二個ずつ入っていた。

真淵さんは、今日はありがとう、と玄関先で私を抱きしめて、キスをしてきた。玄関のドアを開け放したままのキスはちょっぴり恥ずかしいけれど、求められるのは嫌じゃない。少しだけ伸びた髭がチクチクして、くすぐったくて私は笑った。

ひっつめ髪はきちんとブローしたし、メイクもした。爪は綺麗に洗ったし、服は普段の部屋着よりワンランク可愛い、スウェットのワンピース。彼氏の来訪を待つ可愛い彼女になっていると思う。彼の背中に両腕をまわして、胸元に頬を擦り寄せる。

「夕飯まだよね？　栗ご飯を炊いたの。渋皮煮から脱落した栗だけど、味はとてもよくて」

「ごめん、今日はもう帰らないといけないんだ。ほんとうに、悪いんだけど」

私をぱっと離した彼が、申し訳なさそうに言った。

「この埋め合わせは必ずするから、今日は、ごめん」

体温がぐんと下がって、頭の中が冷え込む。キンキンと甲高い耳鳴りがして、それから私は急激に恥ずかしくなった。耳だけが熱を持つ。なんてことだ、栗の手間賃代わりに抱かれるのなんて嬉しくないだなんて言いながら、私はいまこの瞬間まで期待していた。ベッドの上で彼が私の体をいいようにこねて気持ちよくしてくれて、嫌なことをさせてごめんねと囁くのだと、信じていたのだ。愚かにも、無意識に。

情けない、と思う私にもうひとりの私が嗤う。わざわざシャワーまで浴びて待ってたくせにね。今日は日曜日の夜だよ。いつも彼は家族団欒してたんだから、すぐに帰ることくらい考えつきそうなものだよ。ああ、うるさい、うるさい。

「美鈴。栗、貰える？」

「ちょっと、待ってて」

私はするりと離れると、キッチンに向かった。

冷蔵庫を開けると、ひんやりした空気が熱を持った頬に触れた。少しだけ冷静になった頭で見る。目の前には栗入りの瓶が一列に並んでいる。私はそれらを見渡して、それから一番端にある瓶を迷わず取った。紙袋に入れ、だいぶ余裕があるのを見て、適当にもう一つ瓶を取って入れた。瓶は紙袋にぴったりと収まった。

紙袋を持って玄関に戻り、彼に渡す。袋の中を覗いて、ほっとしたように息をついたのを、私は見逃さなかった。

「ずいぶん、急かされていたの？」

訊けば、彼はばつが悪そうに唇を歪めた。いやまあ、うん、なんてことをもぐもぐと言い出す。それを見て、私の口が勝手に動く。

「ねえ、真淵さん。私がいつこの渋皮煮を作ったか、覚えてる？」

彼がきょとんとした顔をした。視線がくるりと動いて、それから躊躇いがちに言う。

「ああ、何年前だったかなあ。嫁さんが言い出すまで、実はすっかり忘れててさ」

私の好きな男は、覚えていなかった。別に大したことじゃない。些細なことだ。だけど、お腹の奥が寂しくなった。隣の席の男の子が遠くに引っ越すと聞いたときのような、そんな寂しさ。そういう経験はないけれど、でもきっとこんな気分になっただろう。

何となしに、お腹をそっと抑える。その手の、鬼皮剝きで傷ついた指先がピリリと痺れた。そして、どうでもいい確信をふたつ得た。今回の奥さんの依頼は、何もかもを知っているからだったということ。そして、それを目の前のこのひとはこれっぽっちも気付いていないということ。いつだったっけ？　と訊く彼に私は目元を緩めて、入社したその年よと答えた。彼は、ああそうだったね、と笑った。それから私は、もう帰ってくれる？　と平坦な口調で言った。棒読みというものの見本のように。

「帰ってくれるならちょうどよかった。私、今日は疲れたから早く眠りたかったんだ」

それはあながち嘘でも見栄でもなかった。酷く、疲れを意識していた。

「ああ、そうなのか。悪かったね。でも、ありがとう」

真淵さんは、あからさまに嬉しそうな顔をした。彼は、私が不機嫌になっていても気付きもしないような男だっただろうか。孫をあやす老人のように、やわやわと私の心を心地よく撫でてくれていた気がするけれど、それは私の妄想だったんだっけ。いや、消え失せたのかしら。でもそれはいつからだろう。思い出せないということは、やはり妄想だったのかもしれない。彼は最初から、冷たい身勝手な男だったのだ。きっと。私は、こんな男が好きだったのか、五年も。もしかしたらそれも、妄想だったりしないかな。

「また明日、会社でね。おやすみ」

真淵さんは私の額におざなりに唇を押しつけて、帰って行った。私は部屋に戻って、炊き立ての栗ご飯を食べた。脱落栗はほくほくしてとても美味しくて、二回おかわりした。それから、早々に眠りについた。翌日、玄関の靴箱の上でたい焼きの紙袋が冷たくなっているのに気が付く。すっかり忘れていた私は、それをゴミ箱に落とした。くだらない音がした。

＊

八百清さんの店先から生栗の姿が消えたころ、真淵さんの奥さんが亡くなった。末期癌を患って半年ほど闘病しており、この一ヶ月はホスピスでターミナルケアを行っていたという。誰も、そのことを知らなかった。真淵さんと同期の課長も、彼とよく飲みに行っている矢崎《やざき》さんも、もちろん、私も。真淵さんは誰にも、奥さんのことを言わないでいた。

彼の奥さんはとても綺麗なひとだったのにさ、面差しがすっかり変わるほどやせ細っていて、悲しくなったよ。密葬に社の代表として参列した部長は、ため息まじりに私たち部下に話して聞かせた。小学生の娘さんがねえ、お母さんから離れようとしないんだ。泣きはしないんだよ、ただじぃっと柩《ひつぎ》の傍にくっついてるんだ。それがもう、何とも切なくてねぇ。自身も娘がいる部長が声を潤ませると、何人かのひとたちが目元をハンカチで拭った。その中には久保田くんもいて、彼は目と鼻の先っちょを真っ赤にしていた。感受性が強いのか、はたまた家族思いなのか、と私は涙を拭う彼の姿を見つめた。赤い鼻の穴がぷくっと広がる。収まる。鼻が詰まったらしい。呼吸が少し苦しそうだ。それを見ながら私はあの、栗の穴を思いだした。

アクを垂れ流す穴。彼の奥さんは、あの瓶の栗を食べただろうか。病でやせ細ったという指先で艶々した栗を摘まみ、かじっただろうか。そして、私が忍ばせた溢れるアクに、満たされただろうか。答えは、きっともう得られない。

「ああ、チヨさん。仕事帰りかい？　おつかれさま！」

アパートに向かって歩いていると、肇さんに呼び止められた。お疲れさまですと頭を下げると、肇さんは「うちのやつが気に入ってるよ」と急に言った。うちのやつがね、美味しい美味しいって毎日大事そうに一粒ずつ食べてるのさ。やあ、さすが、チヨさん仕込みの渋皮煮だ。絶品ってやつだね！　手放しで誉めてくれる彼に、私は曖昧に頷いて笑ってみせた。

少し、顔がひきつっていたかもしれない。

「あの、栗はどれも大丈夫でしたか。その、虫食いとか」

訊くと、謙遜はいらないよ、チヨさん。と肇さんは蜆目をきょろりとさせて笑った。俺は八百屋だよ。一粒ずつ手をかけて作るもんだってことくらい、知ってるさ。虫食いなんて、まじるわけがねえ。ああいや、もしかしてあれかい、虫食い栗、そんなにいっぱいあったのかい。そりゃあすまないことをした。仕入れのときに気をつけていたつもりだったんだが。

広いおでこをぱしんと叩いて慌てる彼に、私こそ慌てる。いえ、そんなことはありません。虫食いは、一個だけでした。たった、一個だけ。肇さんがほっとした顔をする。

「ああ、そうかい。ならいいけどさ。でも、ありがとうな、チヨさん」

私は肇さんおすすめの茄子とセロリを安く売ってもらって、店を後にした。肇さんは、来年もよかったら作ってくれないかと言った。あいつがあんなに喜ぶと思わなくってよお、と照れたように。私はそれに笑顔で頷いてみせた。いつでも作りますよと胸を叩いてみせると、肇さんはありがとうと嬉しそうに笑った。

肇さんに見送られて、カサカサと小さな音を立てるビニール袋をぶら下げて歩く。馬鹿なことを訊いてしまった。肇さんに渡した瓶にあの栗が入っているはずがない。私はどの瓶に入っているかちゃんと把握していたし、それが分かった上で、真淵さんに渡した。私の悪意は、ちゃんと彼の奥さんの手元に届いているのだ。

瓶の中に忍ばせた、悪意の穴。見落とすはずのない黒点に、彼の奥さんは気付いただろうか。料理をするひとならば、あれがどれだけの工程を経てできあがるかすぐに分かる。いや、気付いて欲しくて、私は入れたのだ。あのくろい穴から溢れ出るアクで染まってしまえと願いを込めて。

悪意をあなたが見せたから、私は意趣返しをしただけのことだ。だけど、胸内に広がることの消化しきれない思いはなんだろう。

いや、ほんとうは分かってる。私は、これから悪意のキャッチボールが始まるものだと思っていた。私は、あなたを自分のところまで引きずりおろして泥仕合をするつもりだった。思う存分、傷つけてやる覚悟だったのだ。なのに、この終わり方はないんじゃあないんですか。どうなんですか、サヤカさん。

私は彼の奥さんのサヤカさんを、二度ほど見たことがある。二度とも、彼との関係が始まった後だ。あんたより私の方がよっぽど愛されているという根拠のない自信に溢れていたときだ。綺麗な、けれど敵わないほどではない、と思えるくらいのひとだった。少し鼻にかかった声で、『すみません、主人がいつもお世話になっております』と言って深々と頭を下げた。それは誰にでも。部長にも、久保田くんにも、食堂のおばさんにも、私にも。とても腰が低くて、彼はこんな女を伴侶に選んだのかと、しみじみ眺めた。私、あなたの夫のパンツの柄知ってます。黄色とベージュのチェックの柄は、正直ダサいし似合ってませんよ、って言ったら彼女はすみませんと顔色を変えてすぐにも彼の新しいパンツを買い求めに走るんじゃないかと思った。

そんな彼女が投げた、投げっぱなしのボールの意味が、私には分からない。末期癌なら、もっとすることがあったでしょうよ。私にみょうちきりんな球を放る前に、することはたくさんあったでしょうよ。何がしたかったのよ。

だけど、死んだ人間に、答えは訊けない。彼女は一体何がしたかったなんて、きっと永遠に分からない。カサカサ、カサカサと袋が鳴る。袋は答えを知っているようだなと思った。察しの悪い私に答えを必死に教えてくれているような気がした。なんて言っているのかなんて、分かんないけど。ビニールの揺れに答えを求めようなんてどうかしてる。駅前に行って酔っ払い相手の営業準備を始めている占い師に三千円払う方がよほど言葉が通じるだろう。

そんなとき、背中のほうで私の名前を呼ぶ声がした。振り向いたら、真淵さんが立っている。彼は、奥さんが亡くなってからずっと休みを取っていたはずなのに。無精ひげをのばした真淵さんは、ふっと笑って私の名前をもう一度呼んだ。美鈴、久しぶり。

久しぶりといえば、久しぶりなのだろう。だけどいつから会っていなかったかなんて全然覚えていない。たい焼きを捨てたあの日以来？　いやもう少し見かけたかしら。

「真淵さん。どうしたんですか」

「今回のこと、驚いただろう。ごめん」

近寄ってきた真淵さんは、私を情熱的に抱きしめた。夕暮れの、商店街の出口で恥じらいもなく。ああ、こういうところにときめいたこともあったなとどこか遠くで思った。比較的大人しい性格の私にも、人目を気にせず求められちゃう自分に酔っていた時期があって、彼は人目も気にせず求めちゃう自分に酔ってる時期が多分いまも進行形なのだ。そういう互いの発情の時期がたまたま重なった。その偶然をひとは運命と呼んでしまうのだろう。少なくとも、私はそうだった。

「彩香《さやか》が死んだ。君の作ってくれた渋皮煮を、大事そうに一粒ずつ食べてくれた。それを見ていたら、もしかしたら回復するんじゃないかって、思えたんだ」

ふわりと、揚げたてのイカリングの匂いがした。どろソースにべったり漬けて、素材の味を殺すのが得意の相模屋《さがみや》の匂いだ。匂いの発生源か、自転車で通りぬけていく高校生男子と目が合った。右頰にでっかいニキビがある彼は、私と目が合うとへらりと笑った。表情筋がちぎれるくらいの笑顔を作って返してやった。

「だけど、俺はもう彩香を喪《うしな》った。これからどうすればいいんだろう。寂しいよ……」

背中に回った腕が私を強くかき抱く。少しの息苦しさを覚えた。

「渋皮煮、奥さん召し上がったんですか？」

「ああ。美味しいって、食欲も失せていたのに、君の作った物だけは嬉しそうに」

食べた。それはどうして。私の想像では、ごみ箱かシンクに放られているか、庭先にでもぶちまけられているものとばかり。だって、愛人の作った悪意塗《まみ》れの栗なんて、残飯よりたちが悪い。

「とても、美味しかったよ」

「は？　食べたんですか、真淵さんも」

甘い物嫌いでしょ、あなた。そんな思いを言葉に乗せる。鈍感な彼は気付かずに頷いた。

「彩香と一緒に、一粒食べた。美味しかったよ。ただ」

彼はくすりと笑った。

「虫食いだったのかな。黒い穴が開いてた。君はうっかりだなあって、ふたりで少し笑ったよ。もちろん君の手作りだから食べたし、美味しかったよ」

思わず、ひゅ、と息を飲んだ。

「それ、真淵さんが、自分の意思で食べたんですか？」

声が震えた。そんな私をどう勘違いしたのか、彼は私の背中をさわりと撫でて、もちろんさ。摘まみ上げたものに穴が開いてても食べたよ、と誇らしげに言った。よく知らないけど手間のかかるものなんだろう？　残すわけないじゃないか。とても美味しかった、これは、ブランデーに合いそうだなって思ったよ。彼は言葉を重ねる。だけど、そんなのはどうでもよくて。

「奥さんは、そのときどうしてたんですか？」

「ええ？　どうだったかな。あなたが摘まんだものはちゃんと食べなさい、って言ってたかな。そんなこと、いまはどうでもいいだろう？」

少しだけ遠慮がちな声音が吐いた言葉に、私は噴き出した。

彼を押しのけ、ビニール袋を地面に放り出し、腰を折って笑った。あなたが摘まんだもの！　ちゃんと食べなさい！　まさにその通り。摘まんだものから溢れた悪意は、真淵さん、あなたが喰らうべきだった。

私は間違えていた。悪意は、サヤカさんに送るべきではなかった。目の前の、この男に送るべきだったのだ。病床の妻の願いの裏に気付くこともなく、馬鹿正直に愛人に頼むような思慮の浅い男。愛人の心の揺れにも気づかない愚鈍な男。

この男にこそ、私は悪意を送るべきだった。

少しだけ、目じりに涙が滲んだ。何の涙か分からない。ただ目じりの端が湿って、私はそれを乱暴に拭った。

「どうした、美鈴」

あはは、と狂ったように笑う私に、真淵さんが狼狽《うろた》える。私は涙を拭いながら、言った。

ねえ、真淵さん。もうおしまいです。あなたは私の栗を食べたから、別れましょう。悪意は、あなたを黒く染めちゃうから。

「意味の分からないことを言うなよ。お、おい、美鈴？」

私を捕まえようとする彼の腕から逃れ、ビニール袋をそのままにして駆け出した。背中で私を呼ぶ声がする。しかし私は構わずに走った。迷わずに真っ直ぐ向かうのは、八百清だった。

「おやチヨさん、買い忘れかい」

「違うんです」

息を切らせた私は肇さんに言った。私はもう二度と渋皮煮を作りません。私はやってはいけないことをしてしまったので、もう作ってはいけない気がするんです。だから、来年は私が奥さんに作り方を教えます。それでいいでしょうか、と。

私は、祖母から教わった得意料理に悪意を詰めて毒にしてしまった。作ってはいけないのではない、もう、作れない気がする。だから、もう二度と作らない。

肇さんは小さな目をきょろきょろさせて、首を傾げた。それから、チヨさんはもう作らないのかい、と言った。正確には作れないのだけど、私は頷いた。

「だから教えます。大丈夫です、チヨさんの教えてくれた通りに教えますから、大丈夫です」

そう言うと、肇さんは、とても嬉しいと笑った。チヨさんの渋皮煮の味は、ちゃんと受け継いでいかなきゃいけないもんだ。そんな大切なものを教えてくれるなんて、ありがとうね え。

私は、その善良さにまた少し泣いた。

先を生くひと

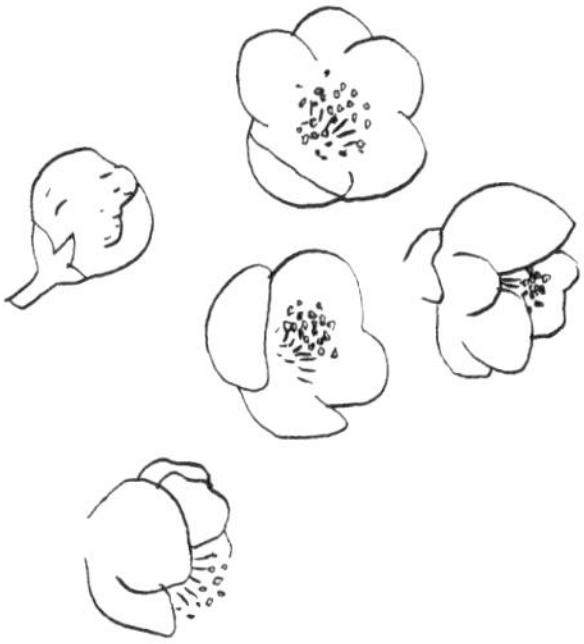

藍生《あおい》が恋に落ちた。

浦部《うらべ》藍生は、わたしの幼馴染だ。幼馴染だから、何でも知っている。春日部《かすかべ》の森《もり》幼稚園の年長児お泊り会にこっそりとおねしょ用の紙パンツを持ち込んだことや、小学校五年まで腋毛のことを『おあげ』と呼んでいたこと。いまでも着ぐるみが怖いことや、アニメが大好きなこと。ブリーフパンツからトランクスに変わったのは小学校四年の夏。クラスメイトの男子全員がブリーフパンツを卒業していることに気付いて、母親に泣きついてイトーヨーカドーに駆け込んだ。何でも知っているはずの藍生が、恋に落ちた。それをわたしが知ったのは、物事がいろいろ進行してからのことだった。

なんてこと。なんてことだ！

藍生の異変の始まりは、一月の終わりのこと。朝、いつも通りマンションのエントランスで待っていたわたしを無視して、藍生は走り去って行ったのだ。

「ええ⁉　ちょっと待ってちょっと待って。どうして先に行くの！　わたしのこと見えてる？」

慌てて追いかけると、藍生はちらりとわたしを見やり、「ごめん」と言った。

「悪いけど、加代《かよ》と絡んでる時間はない」
そんな風に拒否されたのは、初めてだった。耳を疑ったわたしは「え！」と立ち尽くしたが耳は正常だったらしく、藍生はわたしをほんとうに置いて行ってしまった。あっという間に姿を消したことに死ぬほどショックを受けた、のではあったけれど、テストか何か特別な用事があるのかもしれないと自分を納得させた。しかし、藍生は翌日も、その翌日もわたしを置いていなくなり、翌週にはいつもの時間より早く登校するようになったのか、顔も合わせなくなってしまったのだった。

わたしたちは同じマンションの三階と四階に住んでいる。幼稚園は送迎バスに並んで座ったし、小学校からは毎日一緒に学校に通った。中学校ももちろんのこと、高校は、わたしはあんまり賢くない高校、藍生はちょう賢い進学校に進学したけれど、それでも使う駅が同じだったから、やっぱり一緒だった。眠たい目をこすりながら昨日の YouTube の配信の話とか、読んだ漫画の話とか、そのときどきに思いついたことを話して、「じゃあまたね」とそれぞれのホームへ向かう。

たいした話はしていないし、きちんと約束をしていたわけでもない。だけど、わたしたちの毎朝はそういうものであったはずだ。一日の始まりを、同じ足取りで迎えてきたはずだ。なのに何故、藍生はわたしとの日常を突然放棄したのだ。

わたしたちは高校一年生。思いつく理由は、恋人の出現しかない。恋人、とまではいかなくても、候補的なひとができたのではないだろうか。例えばクラスメイトとか、わたしと別れたあとの電車の中で出会うひととか。だって、わたしを置いて駆けてゆく藍生の顔はキラキラしていた。恋しい相手にいち早く会いたいという、綺麗な顔をしているように見えるのだ。そんな顔、わたしには一度たりとも見せてくれなかったのに。

「藍生、好きなひとでもできたの？」

置いていかれるようになって二週間ほど経った日のことだったか。寝坊したのか、大慌てで走っている藍生の姿を見つけた。思わず声をかけると、遠ざかってゆく背中がぴたりと止まった。藍生が、ゆっくりと振り返る。「なに、ばかなこと言ってんだァ」語尾が裏返った台詞と、恥じらうような目を向けられた瞬間、すべてを悟った。悟って、絶望した。

なんで？　なんでわたしじゃないの？　普通、好きになるならわたしだろーが。何年一緒にいたと思ってんだ。幼馴染が好きなひとってのは、太古の世から擦《こす》られすぎてるくらい、当然のことじゃないのか！

悔しくて、情けなくて、哀しくて、そして何より驚いた。わたしは藍生の心を奪った、見も知らぬ誰かに嫉妬を覚えるまで、自分の恋心に気付かなかったのだ。あ、わたし藍生が好きなんじゃん。

藍生は、ごくごく普通の男だ。背が高くて手足は長いけど痩せぎすで、少し猫背。くしゃくしゃした天然パーマの髪はいつもどこかしらが撥ねていて、顔はあっさりしすぎている。

それぞれのパーツは悪くないけど綺麗と言うほど整っておらず、癖もない感じ。ゲームの無課金アバターみたい、と的確な表現をしたのは藍生の妹の朱莉《あかり》ちゃん。勉強はできるけど学年一位には足らなくて、運動音痴ではないけど好プレーもしない。趣味はハンドクラフト。中学時代はレジン細工にハマっていて、いまは木彫り。何かのドキュメンタリーを観て感動したとかで、クマとか仏像とか彫っちゃっているから、趣味だけはちょっと変わってるかもしれない。仏像の出来を確認してくるクラスメイト、他にいないもんな。性格は穏やかで優しくて、遠慮なく言うと気が弱い。そして内弁慶。家族やわたしの前では変顔をしたりくだらない冗談を言って、少し我儘になる。お風呂はバスクリンじゃなくバスミルクを入れてほしかったとか、ハンバーグは和風ソースがよかったとか、そういう微笑ましいものだけど。

わたしはひとりっ子で、藍生と朱莉ちゃんとは兄妹のように育った。だから兄妹の情は昔からあった。それも、人一倍。小学生時代に藍生を「カマキリみたい」と馬鹿にした上級生にはカマキリの卵をたっぷりプレゼントしてあげたし、中学生時代に男女混合バレーで藍生にわざとボールをぶつけた敵チームには思い切りアタックをぶちかましてやった。わたしは馬鹿だけど行動力だけは自慢できるから、藍生をいじめたやつは絶対に許さなかった。でもそれらはもしかしたら恋心からのことだったのかもしれない。そんなこと、思いつきもしなかったけれど。

ねえ藍生。好きなひとって、どんなひと？

知りたい。訊きたい。できれば小一時間は軽く問い詰めたい。でも、できない。もし藍生が紹介するよと言ったら、どんな顔をしたらいい？　相手にカマキリの巨大卵をアタックしかねない。よしんばそれを我慢できたとしても、嫌だ嫌だと駄々をこねるに決まってる。こねたついでに泣きわめいて、わたしじゃダメなのと縋りつくとこまで想像できる。そんな情けない真似、したくない。でも、知りたい気持ちは抑えられない。

悩んで悩んで、訊くべきは藍生の母親が一番手っ取り早いだろうと、わたしは四階の浦部家のドアを叩いた。子どものことは、母親に訊くに限る。

浦部家を訪ねるのは久しぶりのことだった。高校入学時に、これからはあまり互いの部屋を訪ねてはいけないと母に言われたのだった。ふたりとも大きくなったしね、と言葉を濁した母を、余計な心配しちゃってると笑い飛ばしたものだけれど、笑いごとじゃなかった。いまのわたしは、藍生を誰かに盗られるくらいなら、と無理やり押し倒しかねない。

出迎えてくれた藍生の母、月子《つきこ》ママは「久しぶりだねー。藍生はまだ帰ってないのよ。あら、おばさんに用があるの？　どうぞどうぞ」とわたしを歓待してくれたが、わたしが藍生の恋の相手のことを訊くと首を傾げた。

「彼女なのかどうかは分からないけど、朝は早いし帰りも遅くなったわねえ。お夕飯を食べて帰ってくることもあるし。それに、誰かとよく電話をしているみたい」

胃がキリキリと痛んだ。帰りも誰かと一緒なんだ……。

それに、わたしも藍生とときどきＳＮＳ上でやり取りするけれど、くだらないやり取りを数回交わしておしまいだ。電話なんて、したためしがない。世の中に、そんな羨ましいことをしている女がいるなんて。しかも月子ママは、とんでもない爆弾を投げつけてきた。

「でも、彼女ではないと思うな。だってね、うちは三月に引っ越すんだもの」

駅裏にある塾で講師として働いていた藍生の父、稔《みのる》パパが半年ほど前から鬱を患っているのだという。それは悪化する一方で仕事にも影響が出てしまい、先月に退職。稔パパはすでに福岡県は北九州市にある実家に戻って療養しているそうで、月子ママと藍生、朱莉ちゃんの三人も三月の終わりには父を追っていく。

「朱莉は六年生だから、せめて小学校だけは最後まで通いたいって言うのよ。お友達と別れるってだけでも辛いでしょ？　それくらいのことはしてあげたいし、パパもそうして欲しいって言ってるの。幸い、向こうのお義父さんたちは元気だから、パパのことを任せていられるし」

月子ママがため息を吐く。藍生の家族は、昔っからめちゃくちゃ仲がよかった。週末ともなれば家族みんなで出かけていたし、夕暮れ時にはキャッチボールなんかをやるような。だから、稔パパが体調を崩して田舎に行くのなら家族みんな一緒に、というのも当然のことだと思う。

「せっかくいい高校に入れた藍生には申し訳ないけど、これからお金も、ねえ」

わたしが思い至る前に、月子ママが言う。確かに、稔パパが働けないとなれば金銭的な問題もあるだろう。家族全員で移住するしか道はないのかもしれない。でも、しかし、いまはそこが問題ではなくて、わたしはどうして、何も教えてもらえなかったのだ。毎朝あんなに話をしていたのに、稔パパのことなんて一度も聞かなかった。

「藍生、加代ちゃんに引っ越しのこと言いづらかったんでしょうね。朱莉も、お友達にはまだ言えてないのよね」

月子ママの中では、わたしは藍生の友達だ。昔から知ってる、兄妹のように仲の良い友達。藍生の中でも、もちろんそうなのだろう。わたしの中でだけ、藍生の位置づけが変わった。それだけのことだ。呆然としたわたしは「三月まで仲良くしてあげてね」と言う月子ママに見送られて浦部家を辞した。

家に帰り、まっすぐ自分の部屋に入る。今朝出たときと同じまま、布団がぐしゃっと山になっているベッドにダイブした。

何から傷つけばいいのか分からない。やっと自分の恋心に気付けたと思えば、藍生には想う相手がいて、そしてあとひと月もすれば福岡に行ってしまう。月子ママは、マンションはもう売る手はずがついていると言った。向こうはパパの勝手知ったる土地だし、子育てには自然が豊かなほうがいいし、などと、口ぶりからしてもうここに戻ってくるつもりがないようだった。

藍生が福岡に行ってしまえば、二度と会えなくなるかもしれない。

先々、関東の大学を志望するかもしれない。就職で上京する可能性だってあるだろう。でも埼玉の、春日部の隅っこにわざわざ移り住むことなどきっとなくて、万が一にあったとして、そして再会できても、それはいまの藍生ではない。わたしの知ってる藍生じゃなくなってる。

涙が、ぶわっと湧いた。藍生とは小さなときから一緒で、同じ布団で眠ったこともあって、兄妹のように何でも知っていて、これからもずっと一緒だと無条件に信じていた。なのに、こんなに簡単に、一言の説明もなく別れが決まってしまう。わたしの知らないところで、藍生は変わっていってしまう。

枕に顔を押し付けてうえええうええと泣いていると、スマホが震えた。見ればそれはクラスメイトのカナブン（金原文子《かなはらふみこ》だから、カナブン）からのメッセージで、『合コンのメンバー足りないんだけど、来れない？』という酷く現実的なものだった。高校に入ってから仲良くなったカナブンは、合コンの女王なのだ。わたしは合コンに、つまりは異性との出会いにまったく興味がないのだけれど――いま考えれば藍生以外の男との出会いなどいらなかったのだろう――しかしカナブンは昆虫マニアやレトロゲームマニアといった、単純に興味深いひとを連れて来ることがあるので侮れない。前回は、前世占いに凝っているという男の子が来て、わたしは七歳のときにナイル川でワニに食われて死んだ男の子だったと言われた。今世も、水辺は危険だから避けたほうがいいとアドバイスを受けた。

いや、いまはそんなんどうでもいいんじゃ、と涙をふきふき『行かない』と返信したら『えー、今回めっちゃいいのが集まりそうなのに』と食い下がってくる。相手の高校、あたしたちの頭じゃ知りあえないよ、と記された高校名は藍生の学校で、わたしは少しだけ考えてから『行く』と答えた。

合コン場所は、駅から外れたところにあるカラオケボックスだった。向こうが四人、わたしたちも四人。カナブンと他のふたり——綺羅《きら》ちゃんと華《はな》ちゃんはめちゃくちゃ気合が入ったメイクをしていて、カナブンなんか校内で会うよりも目が一回りでかかった。おっぱい盛り盛りでスカートもばっちり丈が短い。さすが女王。泣き腫らした顔で、しかもノーメイクのわたしは男の子たちから完全に相手にされていなかったけれど、わたしも親交を深めに来たわけではない。彼らから藍生の話を聞きだすことだけが、わたしの目的である。しかし、生徒数の多い学校の、確実に目立つキャラではないはずの藍生のことを聞き出すのは難しいだろうと思っていたし、大きく期待をしていたわけでもなかった。藁にも縋る、そんな気持ちだった。だったのだが、わたしの隣に座り、離れた席で男をふたり侍らせているカナブンをちょっぴり熱い目で見ていた加納《かのう》くんはあっさりと「ああ、浦部？　隣のクラスだよ。知ってる」と言ったのだった。

「マジ⁉」

「うん。最近、すごく有名だよ」

「有名って、何で！」

藍生と有名という単語が結びつかない。木を彫ることくらいしか個性のない、埋もれてる系男子のはずなのだ。腕をがっしと掴んだわたしに、顎にきびがいくつもできた加納くんはたじろぎつつ、「死神ばあさんと付き合ってるから」とのたまった。

「は？」

よく分からない言葉が出た。するとカナブンの隣にいた男のひとりが、「いやあれは、ばあさんの愛人だろ」と噴き出した。

「俺も知ってるよ」

「えー、何々？　死神ばあさんってどうゆうこと？」

教室内と全然声色の違うカナブンが頭をゆるく振って訊くと、加納くんが「うちの高校の近くに、古い一軒家があるんだ」と嬉々として話し始めた。

広い庭のあるこぢんまりとした日本家屋に、ひとり暮らしの老女がいる。お手伝いさんを雇ってるぽいから、きっと金持ちなんだと思う。その老女は、近隣の住民たちから『死神ばあさん』と呼ばれている。

「なんか、妙な雰囲気っていうか影のある感じっつーのかな。あの年で背が百七十くらいあって、肩幅もがっしりしてる。髪の毛を短く切ってるから、後ろ姿はただのガタイのいいじいさんって感じでさ。それでいて、メルヘンなカッコしてんの。ピンクのレースたっぷりのエプロンつけてたり、ラメラメのスカート穿いてたり。悪夢の世界の住人って感じ」

「は？　もしかして見た目でそういう名前つけてんの？　ありえない、信じらんない」

素に戻ったカナブンが最悪、と顔を顰《しか》めた。それに慌てた加納くんが「違う違う！」と声を張る。

「そんなに短絡的じゃないよ。そういうのも加味されてるんじゃないか、ってだけ。あだ名の理由は、大昔にばあさんの夫が行方不明になってるんだ。庭に、夫の死体を埋めてるんじゃないかって噂があるんだよ。警察が調べに来たこともあるらしい」

華ちんが「それってドラマみたい！」とはしゃいで、綺羅ちゃんは「そんなことって現実にあるー？」と首を傾げた。

「臭いとか、そういうのでバレちゃいそうじゃん」

「処理方法によっては大丈夫だと思うよ、ってそんな嫌な目で見ないでよ。冗談冗談。でもこの間のことなんだけど、オレの先輩が見たんだって。ばあさんが『ない、ない』って言いながら庭を掘り返してるとこ。いい年だし、ボケてきて死体を埋めた場所が分かんなくなったんじゃないのかって」

「ふうん、なるほどそーゆーことね。で、その死神ばあさんって呼ばれてるひとのところに、通ってる子がいるっていうの？」

「そ。浦部ってやつなんだけど、入り浸りなんだ」

藍生は、登校前も、登校後も、必ずそのおばあさんの家に行くらしい。おばあさんと一緒に商店街で買い物をしているところを目撃されたこともある、と加納くんは言い、「浦部が何考えてるのか分かんないね」と大げさに肩を竦《すく》めてみせた。

「子どもはいないみたい。金は絶対ある。やっぱ、遺産目当てかな」

「こわぁ。高校一年で、そんな打算的なひとっている？　ただの親戚なんじゃない？」

「いやいや。浦部に、身内かなんかなの？　って聞いた奴がいるんだけど、浦部は『ちがう』って答えたんだって。たまたま知り合って、仲良くなっただけだって」

ひえー、と華ちんたちが声をあげる。わたしは、ただただ混乱するばかりだった。藍生の相手は同じクラスの女の子とか、ひとつ上の先輩とか、綺麗なＯＬさんとか、そういうひとを想像していたのだ。それが『死神ばあさん』と呼ばれているおばあさんだなんて、そんなことあり得る？　全然理解が追い付かない。でも、もしそうなら、そういうことなら、藍生は『恋』をしているわけじゃないかもしれない。どういう理由かは分からないけれど、おばあさんと一緒にいることで得られる何かに情熱を注いでいる、だけなのかも。例えばおばあさんは実は木彫りの神様みたいなひとで、師として仰いでいるとか。それはもしかしたら恋よりタチの悪いものかもしれないけど、でも恋よりは絶対マシだ。

「死神ばあさんね、上等じゃん。君たち、有益な情報をありがとう」

男の子たちにお礼を言うと、彼らはきょとんとしたあとに「変なの」と笑った。わたしは情報のお礼としてカラオケを十分盛り上げてから、家に帰った。死神ばあさんに会いに行く覚悟をして。

＊

翌日わたしは、始発から駅のホームにいた。父が着なくなった古いMA-1ジャケットにデニムパンツ、深く被ったニット帽にマスクという、尾行スタイルである。もちろん、藍生を待ち伏せているのだ。

「いつ来るかな……」

二月のホームはクソ寒い。今日に限って、小雪がちらついている。ポケットに入れた手はかじかんで、何をしているんだろうと思う。藍生に『藍生の行くところに、わたしも行きたい』と頼んだ方が早いような気もする。でも、『嫌だ』と断られることを想像して、言えない。藍生に断られたのは、これまでに二度しかないのだ。熱があるのを隠して市民プールに誘って『嫌だよ、薬飲んで寝てろ』と言われたのが、一回目。藍生とおんなじ高校を受験すると宣言して『嫌だよ、無謀な受験をするなんて勧めない』と言われたのが二回目。どちらも当たり前と言えば当たり前の『嫌だ』だったけど、でもそのときはすごくショックだった。

藍生の口から聞きたくない言葉ランキング一位と言ってもいい。わたしは藍生からの拒絶に慣れていないし、多分、慣れそうにもない。

暖を取るために買った温かいミルクティーを二本分飲んだら、トイレに行きたくなってしまった。わたしが便座に座っている隙に藍生が行っちゃったらどうしよう、と思って気が気じゃない。ダッシュでトイレに行き、ダッシュでホームに戻る。そしたら、藍生がいた。ポケットに突っ込んでいたスマホで時間を確認したら、いままでの登校時間より、一時間も早い。

学校指定のネイビーのダッフルコートにベージュのマフラーをぐるぐると巻いた藍生は、背中を普段より丸めて立っていた。白い息がふわ、ふわと生まれて消えるのが遠目に見える。ひとまわり大きなふわ、が生まれたのは欠伸《あくび》をしたからだろう。目をこすって、ポケットからスマホを取り出す。時間を確認して、電車が滑り込んでくる方向を見て、スマホを戻す。

それだけの仕草なのに、どうしてだか、好きだ、と実感した。好きの、再確認だ。行動のいちいちが、視線のひとつひとつが、胸をぎゅるんと締め付けてくる。あー、どうしてもっと早く気付けなかったんだろう。藍生がわたしの隣で欠伸をしているときに気付いていれば、『いま』が変わっていたかもしれないのに。

電車が滑り込んできて、わたしは藍生と同じ車両に乗り込む。この時間でも既に乗客は多くて、お陰で藍生には見つかりそうにない。気難しい顔をしてスマホのニュースを眺めているおっさんの陰から藍生を窺う。眠そうなくらいで、いまのところ変化なし。高校の最寄り駅まで着くと降りたので、もちろんわたしも降りた。

藍生の後を追う。少し駆け足にならないと追いつけないスピードで、いつもはわたしの歩幅に合わせてくれていたのかもしれないと気付いた。眠そうに、だるそうに歩いていたから分からなかったけど。

駅から、十分ほど歩いただろうか。駅前商店街を抜けて住宅街の方へ向かった藍生が、足を止めた。うつむきがちだった顔をすっと上げた先には、きっとこれだなと思う日本家屋があった。

ところどころ苔むした石塀が囲む中に、古びた瓦葺の平屋建てがある。家自体はこぢんまりしているけれど、アイテムが金持ちっぽさを出している。にゅうんと枝を横に這わせている大きな松とか、頭だけ見えている石灯籠だとか。あんなのが自宅の庭にあるなんて、これはきっとほんもののお金持ちだ。

木でできた、いかにも格式が高そうって感じの門を藍生は何の躊躇《ためら》いもなく、ぎっと開けて中に入っていった。少しして、ブーとベルを鳴らす音がする。わたしは迷わず走り、門にへばりついた。門の隙間から、中を覗く。玄関の引き戸の前に、藍生が立っている。マフラーを外して手に掛けた藍生が、前髪をちょいちょいとセットしている。それはまんま、彼女の家を訪ねる男の仕草に見えた。

「はぁい」

軽やかな声がして、戸がからからと音を立てて開く。中から顔を覗かせたのは、二十代半ばくらいの女性だった。ピンク色のショートヘアに小さな顔。耳にたくさんピアスをつけていて、猫みたいなアイメイクが印象的。大きな口はぐっと口角が持ちあげられている。男の子みたいな薄いからだつきで、髪と同じ色味のパーカーとデニムパンツ。まるで漫画の世界のオシャレキャラクターみたいだ。かっこいい。

「おっはよー、藍生」

女性がにかっと笑うと、藍生は後ろ姿でも分かるくらい緊張して「おはようございます」と頭を下げた。

おい、死神ばあさんはどうした。

わたしの想像、いや期待とは全然違う光景だった。わたしはいかついとファンシーが同居したおばあさんが出てきて、木彫りのコロポックルの話なんかをおっぱじめるとか、心やさしいお兄ちゃん今日も気遣ってくれてありがとう的な、ほんわかした会話がはじまるとか、そういうパターンを考えていたのだ。

誰だよ死神ばあさんとか言った奴。どう見ても若くて魅力的な女じゃん。ばあさん要素ゼロだよゼロ。加納め、あいつ嘘ついたな。許せない。

「さあさ、中に入って。朝ごはんの支度、できてるからさ。今日は鮭の西京焼きだよ」

「わあ、おれ鮭大好きです」

「知ってる。だから用意したんだってば」

女性がぽんぽんと藍生の背中を叩く。後ろ姿でも、藍生がデレているのが伝わってくる。なに？　朝から年上女の家で食事ってわけですか？　いつからそんな上級男子になりやがった。いまだに納豆が食べられないくせに！

「何やってんのさ、藍生！」

気付けば門にタックルしていた。思いのほか重たい戸に右肩が痛かったけど、そんなこと関係ない。ぎょっとして振り返った藍生の顔にはまだ甘い赤みがさしていて、腹が立つ。

「あんた、何してんの。こ、こんなところで、女のひとにご飯作ってもらって！　いつからそんな男になったの」

地団太を踏んで睨みつけると、藍生の顔色が見る間に青くなっていく。そして「加代、お前、何で。学校は、どうした」とカタコトで言う。

「サボったんだよ！　てかそんなの関係ないでしょ。あんたこそこんなところでどうしたよ！」

叫ぶと、藍生が「おいこら、静かにしろ」と慌てる。きょとんとしていた女性が「あら何、彼女？」と、のほほんと言った。「違います！」と藍生が即答する。即答すんな。

「加代は幼馴染なんです。加代、何でお前ここに」

「藍生の様子がおかしかったから！　心配するの、当然でしょ！」

声を張って、そうだそうだ当然だ、と思う。だって幼馴染だもん。何かあったら心配したっておかしなことじゃない。わたしの行動は、間違っていない。

「幼馴染の、カヨちゃん。そっかそっか。初めまして。あたしは伊岡菜摘《いおかなつみ》といいます、よろしくね」

女性がにこにことわたしに挨拶した。親し気な笑顔を向けられて、少しだけ警戒心が解けてしまう。

「あたしはね、この家に住んでる伊岡澪《みお》さんの、てっそんなの」

「てっそん？」

首を傾げると、菜摘さんは「姪の孫と書いて、てっそん。澪さんのお兄さんが、あたしの祖父なの。そういう関係を姪孫と呼ぶんだ」と丁寧に説明してくれた。

菜摘さんはこの家の主である伊岡澪さんの姪孫で、澪さんの身の回りのお世話をしているという。それでわたしは、加納くんたちが「お手伝いさんを雇ってるぽい」と言っていたのを思い出した。

「澪さん、ちょっと体調がよくなくてね。それで、親戚のあたしがお世話係に駆り出されてるんだ。二ヶ月くらい前から、ここに住んでんの」

「ははあ、なるほど。それは、分かりました。でもどうしてここに、藍生が通ってるんですか」

大事なのは、そこだ。ずばり訊くと、菜摘さんはきっぱりと「惚れちゃったんだ」と答えた。え。どっちがどっちに惚れたの⁉　まさか菜摘さんが？　どちらにしても、交際宣言かよ！　と一瞬で心臓が潰された気がしたが、菜摘さんは「澪さんが」と付け足した。

「は？」

「澪さんがね、藍生に惚れちゃったんだわ」

ね、と菜摘さんが藍生に目を向けると、藍生は渋々といった様子で頷いた。

「なんか、おれ、初恋のひとにそっくりなんだって」

「藍生がいるだけで、めちゃくちゃ喜ぶんだよ、澪さん。それで、藍生さえよければ、ここに遊びに来て欲しいってお願いをしてるんだ」

緊張がほんの少し解けた。おばあさんの、初恋の相手？　藍生はそのおばあさんを喜ばせるためにここに来ていたというのか。

「藍生がいると澪さんの食欲も増すんで、いまでは朝食まで付き合ってもらってるってわけ。心配させてごめんね」

菜摘さんが眉を下げ、わたしは「いえいえいえいえ！　なんかすみません」とぺこぺこ頭を下げた。心のやさしい藍生だから、自分がいるだけでおばあさんが元気になるならと通うようになったに違いない。それは、理解できる。

「加代は昔から突っ走る癖があるんだよな。それ、変装のつもりかよ。いつもは目がちかちかする原色の服ばっか着てるもんな」

藍生がわたしの服装をじろじろ見て「おっさん臭い服だな」と鼻で笑った。それに対して、わたしは眉間に深い皺を刻んでやった。

理解できるけど、でもお前、菜摘さんに惚れてるんだろ？

言いたいけど言えない言葉をぐっと飲みこむ。いくらひとが良い藍生だって、さすがにおばあさんのために毎日毎日通ったりなんてしない。藍生は昔から睡眠時間命だから、一時間早く起きるのだって、しんどいはずだ。それをやっているのは、菜摘さんに会いたいからだ。幼馴染だから、さっきの背中で分かってしまった。

わたしの視線の意味に気付いたのか、それともやっぱり後ろめたい気持ちがあるからなのか、藍生がたじろいだ。「なんだよ。おれはちゃんと、このあと学校行くんだぞ」とどうでもいいことを言う。

「まあまあ、せっかく来てくれたんだしさ、カヨちゃんも一緒にご飯食べようよ。ひとり増えても全然大丈夫だからさ」

菜摘さんがわたしたちを取りなすように誘い、わたしはその人懐っこい笑顔を見る。

「あたしの味噌汁、すっごく美味しいんだよ。自慢しちゃう」

ぐっと親指を立てる菜摘さんの右耳のピアスの中に、わたしのお気に入りブランドのものがあるのに気付いた。去年のバレンタイン限定チョコレートモンスターが揺れている。

うわ、嫌な予感がする。菜摘さんのことをこれ以上知ってしまえば、わたしは彼女のことが好きになってしまう気がする。思い切りよくカットされた髪や色、薄茶色のカラコンがよく似合っている目。可愛らしい声にさばさばした喋り方、わたしの好きな要素がぎゅっと詰まっているのだ。

ライバルを好きになるって、ダメでしょ。

でも、藍生に惚れたという澪さんの存在も気になる。どんなおばあさんだろう。逡巡していると、菜摘さんが「あ、そろそろ澪さんを起こさないと！」と室内を振り返った。

「藍生も、学校遅れちゃうもんね。ほらほら、ふたりとも中に入って！」

菜摘さんがばたばたと奥へ消えていく。その背中を見送ると、藍生が「入ろう」と声をかけてきた。見れば、気まずそうな顔をして「ごめん」と俯く。

「そこまで心配かけてるとは、思わなかった」

藍生のずるいとこだ。こういうときに、素直に謝ってくる。

わたしはずっと藍生と一緒にいるけれど、反抗期を見たことがない。わたしは中学二年のときに反抗期を迎え、第二次反抗期語録ランキングのトップ５——産んでくれなんて頼んでねえよ、うっせえババア話しかけてくんな、など（自己調べ）——はだいたい使ったけれど、藍生はそれをばかにしたような目で見てきて『見苦しい』と言い捨てた。『成長過程であるとはいえ、自分の不満とか憤りを絶対に他人にぶつけないといけない、なんてことはないと思うんだ』とも。そんな風に言われて、いつか藍生だって苛々がノンストップになるときが来るんだと言い返したけれど、藍生は首を横に振った。

『おれだってそういう衝動がないわけじゃないよ。それを他人にぶつけるのはみっともないから嫌だという話。美意識の問題だ』

無課金アバターのくせに美意識だと？　とムッとしたが、しかしわたしは藍生の言葉に妙に納得してしまって、お陰でわたしの反抗期は二週間ほどで終わった。

話が逸れたけど、藍生は誰かの為に自分の衝動を抑えることができて、だからわたしに対して苛立っているはずなのに、謝れる。

「わたしこそ、ここまで来てごめん」

もそもそと頭を下げると、藍生がにっこりと笑った。その笑顔に、どきりとする。

「澪さんの前では、加代は妹ということにしよう」

「妹？　幼馴染じゃだめなの？」

「幼馴染って単語が、ちょっとね。女友達でもいいんだけど、それはそれで嫉妬しかねない。てなわけで、妹。それと、おれがどんな風に呼ばれても聞き流すこと。とにかく、言うとおりにして」

藍生が靴を脱いで、慣れた様子で家に入ってゆく。わたしはそれを慌てて追いかけたのだった。

八畳くらいの広さの洋室の中央に、重厚なテーブルセットがあった。毛足の長い絨毯にやわらかそうな革張りの椅子が四脚。昭和のドラマなんかで、着物姿のお嬢様がお紅茶なんぞを飲んだりしてるシーンみたい！　と思う。たっぷりとしたレースのテーブルクロスや、テーブルの中央に飾られた一輪の白い薔薇なんかで、それっぽさが増している。部屋の隅には、小学校の教室にあったものとよく似ている武骨なだるまストーブ。しゅ、しゅと湯気を放つやかんが載っている。尾行で冷え切ったからだが、先っぽから温まってゆく。

半分開かれた障子の向こうにはお縁があって、そのまた向こうにはお庭が広がっているのが見えた。手入れは、ほとんどされていない感じ。季節柄、草ぼうぼうというわけではないけれど枯れ草が目立ち、地面がところどころぼこぼこしている。石をひょうたん形に組んだ池の水は、茶色がかった緑色をしていた。池というより、小さな沼だ。

「座って座って！　すぐに支度するから」

エプロンを身に着けた菜摘さんが、大きなお盆を持って登場する。ふわんと美味しそうな味噌汁の香りがした。

「もうすぐ澪さんも来るからさ、ほらほら」

「あの、お手伝いします」

急に押しかけて、タダで食事をさせてもらうのも申し訳ない。申し出ると、菜摘さんは

「いーのいーの」と笑った。

「澪さんに怒られちゃう。ほら、座って」

椅子を示されて、でもそれでいいのかとおろおろしていると、藍生が「おれの横、座りな」と指した。

「澪さん、考え方が昔の女性だから。お客さんに食事の準備なんてさせられない！　って怒るよ。おれのときも、そうだった」

「はあ、そう」

椅子に腰かけると、見た目通り座り心地がいい。けれど場違いなところにいるような気がしてもぞもぞしているうちに、目の前に朝食の支度ができた。炊き立てのご飯にわかめと豆腐の味噌汁。鮭の西京焼きとだし巻き卵、お漬物が並ぶ。

「美味しそう」

思えば今朝はミルクティー以外何も口にしていないのだった。ぐるる、とお腹が盛大に鳴って、菜摘さんが「やったね」と親指を立ててみせる。

「その音大好き。お世辞じゃ出せないもんねー」

にひひと笑う顔に、あーやばいほんとに好きになっちゃう、と思う。藍生、趣味がいいなあ。こんなひとを選ばれたら、わたしはもうどうしていいのか分からない。

すらりと、襖が開いた。現れたのは、大きな体軀の老女だった。お年寄りのわりにがっしりしたからだに、白髪で真っ白の髪をベリーショートにしている。なるほど確かに、後ろ姿を見たら男性と勘違いしてしまうかもしれない。しかし顔立ちは、やさしい女性のそれだった。眉はやわらかなカーブを描いているし、口元は薄くピンクを載せている。ワインレッドのニットの上下を着て、胸元に白いカメリアのブローチを付けているから、なおさら女性だと分かる。

朝だというのにどこか疲れたように顔を顰めていた女性だったが、藍生を見るとぱっと表情を輝かせて「おはよう、正臣《まさおみ》さん」と言った。とても穏やかな声で、やさしい老婦人という雰囲気が増す。誰だよ、いかついなんて表現した奴。からだの大きなおばあさんってだけじゃないか。いやそれより、まさおみ？

「おはよう、澪さん」

「お待たせして、ごめんなさいね。さあさ、お食事にしましょ」

いそいそと藍生の向かいに座ろうとした彼女は、隣にいるわたしに気付くとさっと顔つきを変えた。泣き出しそうなじとっとした目つきをする。

「なに、そのひと。どういうこと、正臣さん。どうしてここに女のひとを連れ込むの？」

「この子は、おれの妹なんだ」

彼女の豹変に少しも動揺を見せない藍生が、笑顔で言った。

「おれのひとつ下の妹だよ。加代っていうんだ」

「……ああ、あら。あらまあ、妹さん！　そう、そうなの」

花が咲くように、表情が明るくなった。わたしに笑みを向けた彼女は「伊岡澪です」とやわらかな声音で会釈してきた。

「お兄さんには、仲良くしていただいております」

「あ、どうも。あの、加代です」

とても物腰が丁寧なことに驚きながら頭を下げると、澪さんは「妹さんまで紹介してくださるなんて嬉しい」と胸の前で両手を合わせて微笑んだ。

「ありがとう、正臣さん」

「加代も、澪さんに会いたいって。ね、加代」

藍生にうながされて、わたしは「はあ、はい」と頷いた。

「ああ、何だか今日はいいことがありそう。菜摘、ご飯にしましょう」

はいはーい、と菜摘さんが答えて、四人で食卓を囲む。自分から飛び込んだ事態ではあるけれど、わたしは正直展開についていけていない。下準備も予備知識もなしに来てはいけなかった気がする。

そわそわし通しの、しかしばっちり美味しい食事を終えた後、藍生が「やばい、こんな時間だ」と慌てて立ち上がった。

「ごめんなさい、おれ学校に行くね。えーと、加代は家に」

帰れ、と藍生が言い終える前に、菜摘さんが「うちで待ってる？」と訊いてきた。

「あたしは一向に構わないけど。ていうか、いま絶賛断捨離中だからさ、手伝ってくれると嬉しいな」

にこ、と微笑みかけられてどうしようかと思っていると、澪さんが「お客様に何てこと言うの」と声を尖らせた。

「だめよ、そんなの」

「あら、澪さんのために頼んだんだよ。澪さんが断捨離するって言いだしたのに、いつもすぐ飽きちゃうでしょ。話し相手がいるといいんじゃないの？」

「ま、嫌な言い方！　でも……そうね。加代さん、せっかくだから正臣さんをここで待つといいわ。お話もしたいし」

澪さんが両手をぱちんと合わせてみせ、藍生が「え、待って待って」と慌てる。

「そんな、加代を置いておくわけには」

「大丈夫よ、正臣さん。加代さんにいじわるするわけじゃないもの。いいじゃない」

「そうよー。ねえ、カヨちゃん」

女性ふたりがわたしの手を引き、藍生が唸る。そりゃ嫌だろうなあ、自分のいないところでわたしが何を話すか分かんないもんな、と思ったけど、わたしは「じゃあお言葉に甘えます」とふたりに頭を下げた。

「加代！　お前」

「行ってらっしゃい、おにーちゃん」

朱莉ちゃんの真似をして手を振ると、藍生はむかー！　と文字が飛びそうな顔をしたけれど、登校時間が迫っているので諦めたようだ。いつもより少し乱暴に、バッグとコートを摑んで出て行った。ふん、真面目ちゃんめ。

藍生を見送ると、菜摘さんが「ねえ、ほんとに片付け手伝ってもらっていーい？」と訊いてきた。

「澪さんって、捨てられない女なんだよね。だからこの家は物で溢れてんの。いま、毎日のようにふたりで片付けてるんだけど、ぜーんぜん終わらないんだわ」

あはは、と菜摘さんが笑い、わたしは「はい」と頷いた。せっかくの機会だ。彼女たちと藍生がどんな時間を過ごしてきたのか、教えてもらおうじゃないか。

伊岡邸は、物置と化した部屋がふたつもあった。どちらの部屋も埃っぽくて、足の踏み場もない。テレビで何度か観た『ごみ屋敷』に近い感じもする。

「すごいですね」

「ちょっとした贈り物や、着られなくなった洋服なんかも捨てられなかったみたい。この間は簞笥を一竿処分したんだけど、中身は全部、澪さんのお母さんの着物だった。高いものじゃないんだよ、醬油のシミがついてるような、ほんとフツーの普段着。背の高い澪さんには丈もあってなくて、だから不要なはずなのに、捨てられなかったんだって。気持ちは、分かんなくはないけどさ」

「ふうん……、ええと、こっちは？」

足元に積み重ねられたファイルの一冊を拾い上げて開く。ずっしりと重みのあるそれには二代目中村吉右衛門の切り抜きがびっしりと貼られていた。雑誌の特集から新聞の隅の些細な記事まで丁寧に拾われている。

「いまで言う『推し』だったみたいよ。って言っても、他にもたくさん『推し』がいたみたい。ここ数年は老眼が進んじゃってファイリングは止めてたらしいけど、でもすごい量だよね。ほら、こっちはキアヌ・リーブス」

中村吉右衛門のファイルは、ざっと見ただけでナンバリングが12まであるようだ。キアヌのファイルは16。どれだけ推しがいたのか分からないが、ファイルだけでも恐ろしい数になりそうだ。ブルったわたしに、菜摘さんが「エプロン貸したげるから、安心して埃にまみれてー」と物騒に笑った。

さて、作業開始である。部屋の端に椅子を用意して、濤さんが座る。その濤さんに物を見せて、「いる」「いらない」の意思確認をしながら片付けていく、というのが菜摘さん考案の断捨離法であるらしい。

「判別が済んだら、とりあえずこの『いらない箱』にどんどん入れてちょうだい。『いる箱』

はこっちね。いらないものでも換金可能なものは、こっちの衣装ケースに。どちらもあとで別室に運んで、業者に回収してもらうように手配するの」

澪さんは部屋を見回して、「仕方ないと分かってるけど、やっぱり気持ちが盛り上がらないわよねえ」と唇を尖らせた。

「ぜーんぶ、あっちに持って行けたらいいのに」

「無理です。棺桶に澪さんが入るとこなくなっちゃうでしょ」

菜摘さんがぴしりとキツいことを言い、澪さんはますます唇を尖らせた。

「菜摘、知ってる？　棺桶って実はすごーく狭いのよ。私、昔に入棺体験っていうのをしたことがあるんだけど、あんまり狭くって叫びだしそうになっちゃった。あんな狭いとこに入るのも嫌だし、何にも入れられないのも嫌だわ。ねえ、みんなは何を入れてもらってるのかしらね。昔は、お花だったけど」

「いまも基本は花でしょ」

「やっぱりそうなのね。でも私、花粉症だから花なんて絶対に嫌なのよ。そういうことならシルクやオーガンジーで作ったお花でいっぱいにしてもらわないと！　菜摘、作ってくれる？」

「あたし、そういうチマチマしたの無理」

「もう、使えないわねえ！　ああ、老眼じゃなきゃ自分で作ったのに！」

澪さんのイメージが、朝食のときと違う。上品にウフフと微笑んでいたのに。

菜摘さんを見れば、わたしの言いたいことが分かったのか「元はこういうひとなの」とおどけた顔をした。

「あの子の前でだけ、猫かぶってんだ」

「猫かぶってるなんて言わないで！　好きなひとには好かれたいってだけじゃないの」

失礼ね！　と澪さんが声をあげて、それからわたしに恥ずかしそうに笑った。

「あの、ごめんなさいね。でも分かってくれるでしょう？　少しでも、可愛く思われたいっていう気持ち。ほら、私はこういう顔だしからだも大きいから、仕草くらい丁寧にしないとね、印象が悪くなっちゃうし」

朝食の席で、澪さんは七十八になると聞いた。わたしの何倍も生きているおばあさんで、とても気が強そうなのに、話しているとだんだんと可愛らしく見えてくる。

「分かります分かります。好きなひとには少しでも良く思われたいですよね」

気持ちは、十分に分かる。わたしだって、藍生に好かれるのなら二度と藍生の前で変顔なんかしない。いや、もうできない。ずっとキメ顔でいたい。

「でも棺桶に入れるもののことなんて、考えなくってもいいじゃないですか」

目の前の澪さんは、とても元気そうだ。朝ごはんも完食していたし、足取りだってしっかりしたものだ。しかし澪さんはゆるく首を振った。

「私、がんだから」

すごくあっさりとした口ぶりだった。

「あんまり、長くないのよ。だから仕方なく自分の後始末をしてるの」

驚いて言葉を失っていると、菜摘さんが「信じられないかもしれないけど、ほんとうなの」と続けた。

「澪さんは、四月にはターミナルケアのある介護施設に入ることになってる」

「え、うそ」

「こんな嘘つかないよ。あたし、こう見えて元看護師でさ。入所前の澪さんの体調管理も兼ねて、ここにいるんだよ」

菜摘さんが平然と言う。

ターミナルケアって、知ってる。末期の病気のひとが少しでも自分らしく生きられるように処置してくれるところだ。二年前、同居していた父方のおばあちゃんが乳がんになって、闘病の末に入った。痛い苦しいと呻くか、薬が効きすぎて抜け殻のようになっているかという状態だったおばあちゃんと、ほんの束の間だけど穏やかな時間が過ごせた場所。

でも、おばあちゃんと澪さんは全然、違う。それを言うと、菜摘さんが「最近は確かに調子がいいんだけどね」と澪さんを見た。澪さんは「恋のお陰かしらねえ」と暢気な口ぶりだ。

「正臣さんからすごく元気をもらえるの。朝起きるのが楽しみだし、日が暮れるのも待ち遠しい。こんな感覚久しぶりよ」

「そうだよねー。あんな子が毎日通ってくれてるのに、元気が出ないわけないよ」

ふたりがほのぼのと話す。

わたしは猛省する。藍生が毎日ここへ通っていたのは、菜摘さんへの恋心だけじゃない。ほんとうに、澪さんのためでもあるんだ。ごめん、藍生。藍生のやさしさを、わたしはひねくれた目で見てしまってた。

「さあさ、それよりお片付け始めましょ！」

ぱんぱん、と菜摘さんが手を叩いて宣言し、せめてお役に立たねばと、わたしは「はい！」と元気よく答えた。

二時間ほど作業を進めていると、機嫌よく松田聖子を口ずさんでいた澪さんが舟をこぎ始めた。菜摘さんが「休もうか」と澪さんを寝室へ連れて行く。菜摘さんはすぐに戻ってきて、

「体力が落ちてるんだよね」と眉を下げた。

「飲んでる薬の副作用もあって、だいたいこの時間から寝ちゃうの。じゃあ、この辺りをある程度片付けて作業は中断」

散乱してしまった本を書架に差し戻し始めた菜摘さんを手伝う。

「そう言えば澪さん、今日一回も『いる』って言わなかったですね」

大きく『いる』と書かれた段ボール箱には、ひとつも物が入っていなかった。よいしょ、

と本を数冊抱えた菜摘さんがわたしをちらりと見て小さく笑う。

「気付いちゃった？　これってね、選別っていう名の儀式みたいなものなんだよ。全部捨てちゃうって、澪さんと話はついてる」

「儀式……？」

「このたくさんのものたちは、これまで澪さんが必要だと思って残してきたもの。いわば彼女の長い人生の、痕跡なわけ。いまやってることは、澪さんと澪さんの人生の痕跡たちとのお別れの儀式なんだよ」

　本をもう一摑み持った菜摘さんは、それらを両腕にぎゅっと抱えた。

「重要そうな……例えば証書や通帳なんかは別として、彼女が『いる』って言ったことはこれまで一度もない。来月末、澪さんがこの家を出て行くときまでに、この家はすっかり空っぽになっていると思う。彼女は全部、捨てていくつもりでいる」

　わたしは思わず、室内を見回した。このおうちを、空っぽに？　澪さんは、自分の人生の痕跡全部を、捨ててしまうっていうの？

「なんか、なんかそれ……」

　寂しい？　哀しい？　辛い？　そういうやるせない感情が湧くのだけれど、しかし今日会ったばかりのわたしが簡単に口にしてはいけないと思う。そんなわたしの代わりに、菜摘さんが「寂しいって感じちゃうよね」とつぶやいた。

「思い出は物に宿ってるわけじゃない、とあたしは思ってる。だけど、亡くなったお母さんの着物やファイルに触れることで蘇るものはある、とも思う。それに、いままでずっと捨てられなくて、抱えてきたものでしょ。それを捨てなくちゃいけないなんて、寂しいよね」

菜摘さんが腕の中の本の背表紙を撫でる。

「でも、自分の人生の痕跡の処分は自分でやるべき、って言う澪さんの気持ちも分かるんだよねえ。自分にとって死ぬほど大事だったものが、見も知らぬ誰かに乱雑に処分される方が、嫌だもん。それなら、自分の手でおしまいにしたいって、あたしも考えちゃうだろうな」

わたしはもう何を返せばいいのか分からなくて、近くの書架に手を伸ばした。カバーがぼろぼろになった『しあわせの王子』の絵本。黄ばんだページはところどころ破れていて、セロテープで補修した跡がある。何度も読み返したのだろう。そのたびに付随する思い出も、きっとたくさんある。

ぱらぱらとめくると、裏表紙の折り返しに、子どもの文字で名前が書いてあるのに気付いた。

「さいとう、まさおみ……？」

「ああ、正臣さん」

菜摘さんが目を細めた。

「澪さんの幼馴染で、初恋のひとなんだってさ。藍生と同じ年のころに、事故で亡くなっちゃったらしいよ。告白も、できなかったんだって」

手にしていた絵本が、ずっしりと重くなった気がした。

それからわたしは、『母に学校をサボったことがバレた』と嘘をついて逃げるように伊岡邸を後にした。藍生の恋を突き止めたくて安易に尾行したことを、激しく後悔した。『死神ばあさん』なんてばかみたいなフィルター越しに彼女に近づいたわたしはばかだ。大ばかだ。わたしの浅はかさが、澪さんの大事な時間や、それを見守る菜摘さんの気持ちを汚してしまった気がした。

マンションに戻ったわたしは、エントランスで藍生の帰りをひたすらに待った。六時を過ぎたころに帰って来た藍生は、立ち尽くしているわたしを見てぎょっとして、それから困ったようにため息を吐いた。

「半泣きで帰ったって、菜摘さんから聞いた。加代はおばさんに叱られて泣くようなタマじゃないのになって思ってた。どうした？」

「わたし、何かすごく無神経だった。ごめんなさい」

頭を下げる。藍生は、この世にもういないひとの役を求められていた。それも、命が僅かだというひとから。それは簡単に受け入れられることじゃないはずだ。頭の上で、もう一度ため息を吐く気配がした。

「澪さんのこと、聞いたんだろ？」

頷くと、藍生は「どうせ加代は、興味本位で首を突っ込むんじゃなかったって思ってんだろうけどさ」と言って、わたしの頭をポポンと軽く叩いた。

「おれがコソコソしてたのも悪い。だから、気にするなよ」

「ごめん、藍生」

「いいよ。でも、もし悪いと思ってるなら、ちゃんと最後まで突っ込めよ」

え、と顔を上げると、藍生は「澪さんが、加代にもまた来て欲しいって」と笑う。

「ほんとうの正臣さんにも、妹がいたみたいだ」

「正臣さん……。ねえ、どうして藍生は正臣さんになったの？　どうして澪さんたちに出会ったの？　わたし、驚いて、満足に話も聞かずに帰っちゃった」

訊くと、藍生は「おれの部屋来いよ」とエレベーターを指した。

「ここ寒いし。加代、唇真っ青だぞ。寒がりなんだから、あったかいところで待てよな。おれの部屋、ちょっと片付いてないけどここよりマシだろ」

藍生の部屋なんて、いつぶりだろう。ほら行くぞ、と先を歩く藍生の後ろを追った。

部屋は、最後に来たときからずいぶん変わっていた。いつも整然としていたのに、段ボールがいくつも積み重なっていて、全体的に雑多になっている。小学校のときから使っている学習デスクの上に、彫りかけの∀《ターンエー》ガンダムがいた。シンボルのヒゲがいい角度だ。しかし何で∀ガンダム。仏像からどうしてガンダムにシフトしたんだろう。ガン見していたわたしをどう勘違いしたのか、いま引っ越し準備してて汚くて、と説明しかけた藍生だったが、自分の言葉に驚いた顔をしてわたしを見た。

「あ！　その、加代には言って、なかった」

「言ってくれなかったね。月子ママに教えてもらったけど」

藍生があちゃーと額に手をあてる。あちゃー、じゃない。睨みつけてやると、「ごめん」と頭を下げてきた。

「何か、上手く言えなかった。どう切り出そうかと思ってるうちに、時間だけ過ぎていって」

「いつになったら言うつもりだったの？　引っ越し前夜とか？」

「いや、さすがにそこまでは。でも、分かんないな」

わたしは藍生のベッドに腰掛け、藍生は小学生のときから使っている椅子に座る。昔からこの位置でゲームしたり漫画を読んだりしていたけれど、どうしてだかやけに距離が近い気がする。ああ、わたしたちは大きくなったんだなと気付いた。気楽に過ごすには、わたしたちは大きくなりすぎたんだ。母の心配をいまさら思い出して、わたしは少しだけ膝を引いた。

結局、いざとなると腰が引けてしまう。わたしは昔から、勢いだけだ。

「いつ言おうか、と悩んでたんだけどさ。澪さんたちに会って、それどころじゃなくなって」

藍生がたどたどしく説明を始める。学校帰り、駅前商店街の入り口で脂汗をびっしょりとかいてうずくまる澪さんを見かけて、声をかけたこと。救急車を呼ぼうとしていたら澪さんを捜していた菜摘さんが来て、三人で救急車に乗ったこと。

「ふらっと散歩に出たところで、具合を悪くしたんだって。おれが『大丈夫ですか』って声をかけたら『正臣さん、あなたがお迎えにきてくださったの⁉』ってあんまりに驚くわけ。それから菜摘さんが来て、救急車も来て、おれは帰ろうとしたんだけど澪さんが離してくれなくて」

なし崩し的に救急車に同乗した藍生は、のちに容体が落ちついた澪さんと菜摘さんに自己紹介をした。澪さんは『きっと初恋のひとの生まれ変わりだ』と喜んだ。

「正臣さんは澪さんの幼馴染で、十六の夏に事故で亡くなったそうだ。写真を見せてもらったら、おれよりはるかにいい男なんだけど、澪さんが言うには雰囲気が似てるんだってさ。娘のころに戻ったみたいだから、お願いだから正臣さんと呼ばせてくれって懇願されて」

藍生が頬を搔く。澪さんがあまりに喜ぶのを見て、菜摘さんは『ほんの少しでいいから相手をしてあげてくれないかな』と藍生に頼んできたのだという。

「それから菜摘さんに、澪さんのからだのことも聞いた。でも、それを聞かなくても、菜摘さんに頼まれなくても、彼女に何かしてあげたいって思った。相手はおばあさんだけどさ、あんなにまっすぐにキラキラした目を向けられるなんてこと、いままでの人生でなかったわけじゃん。初めて誰かに好きって気持ちを抱かれることのこそばゆさみたいなの、感じちゃってさ」

照れたように藍生が言う。お年寄りにそんな目を向けられるなんて気持ち悪い、なんて絶対言わないのが、思いもしないのが、藍生のいいところだ。藍生は表面的なものでひとを判断しない。それが誇らしいのと同じだけ、胸の奥がずきんずきんと痛む。ああ、藍生を最初に喜ばせる『好き』がわたしの『好き』だったらよかったのに。藍生はこれから先の人生で何度も『好き』を向けられるかもしれないけれど、最初の『好き』になりたかった。藍生のいいところを最初に見つけて、藍生はひとを『好き』にさせる魅力にあふれてるんだよって教えてあげるのは、わたしでありたかった。ちょっと、鼻の奥がツンとする。

「それから、まあ家に遊びに行くようになってさ。澪さんはやさしくていいひとだし、かわいいところがたくさんある。菜摘さんも面白くて、魅力的っていうか、ご飯美味しいし、やっぱその、いいひとだし」

そうか、あの家には藍生の初めてがふたりもいるわけか。藍生に初めて『好き』を向けたひとと、藍生が初めて『好き』になったひと。羨ましい。羨ましくて、めちゃくちゃ憎みたい。憎み倒したいのに、わたしはあのふたりがちっとも嫌いじゃない。

「四月にあの家からふたりがいなくなるっていうのも、なんか縁を感じたんだよね。おれたちは束の間一緒にいるけれど、別れて、それぞれの人生を進んでいかなきゃいけない」

嫉妬の渦で悶々としてしまったわたしははっとした。

「澪さんはケア施設に入ることをもう決めてしまっているし、菜摘さんは、澪さんの入所後は子どものころからの夢だった絵画修復師の勉強をしに、ベルギーに行く予定なんだって。何歳からでも夢を叶える！　って言ってた」

菜摘さんも、あの家を出て行くのか。じゃああの家は、四月にはほんとうに空っぽになってしまうんだ。そんなことを考えていると、藍生が微かに笑って「そしておれは、福岡だ」と零した。

「福岡、行かないといけないの？」

思わず訊いて、しまったと思う。訊くことじゃなかった。藍生は「当たり前だろ」と当然のことのように言った。

「家族の問題は、家族で乗り越えなきゃいけない。おれは長男だから、みんなを支えないといけな……あ、別にいまのはアニメのセリフを流用したわけじゃないからな！」

やさしい、藍生らしい答えだ。藍生はきっと、家族のためにできることをやるのだろう。だからこそ、福岡に行ったら二度と会えない。藍生は、家族を残して上京するなんて決してしない。

「行きたい大学はあったし、その先の仕事も考えなかったわけじゃないよ。でもそれは最優先することじゃない。それに福岡だからって未来が潰れるわけでもない。北九州市って、調べてみたら思いのほかいいところだったよ。住みやすそうだし、歴史もある。博多も近い。小倉《こくら》城ってのがあってさ、写真で見たけどなかなか綺麗だったよ。そうそう、旦過《たんが》市場《いちば》ってところも、ちょっと面白そうなんだ。味のある雰囲気でさ。きっと、退屈しないよ」

「……菜摘さんとも、別れることになるよ?」

ほんとうは、わたしとも別れることになるよって言いたかった。でも、わたしじゃ藍生の気持ちを揺らせない。情けない気持ちをぐっと堪えて言うと、藍生は大嫌いなゴーヤを食べたとき以上に「うえぇ」と唸った。

「嫌なこと言うね。でも、仮に彼女の近くにいられても、彼女との可能性がないことは分かってるさ。彼女と共にいるには、おれはまだまだ未成熟だ。まあ、初恋は叶わないもんだって決まってる」

「嫌なこと言うね」

胸に激痛が走った。振りかざしたナイフが、自分に刺さった気がする。

「おれ、いま嫌なこと言ったかな? しかしまあ、さすが加代だ。おれのこと、何でも分かるんだな」

感心したように藍生が何度も頷き、わたしは「まあね」と言葉を濁す。藍生はわたしのこと、全然分かってくれないのにね。

「おれのことは置いておいてさ。あと一ヶ月ちょい、できれば協力してくれないかな。澪さんに穏やかで楽しい気持ちでいてもらいたいんだ」

澪さんと菜摘さんの顔を思い出す。それから、目の前の藍生の顔を見る。振りかざしたはずがすぐに自分の胸に戻ってきたナイフの痛みをちくちくと感じながら、わたしはのろのろと頷いた。藍生は嬉しそうな顔をして、「ありがとう」と笑った。

＊

学校が終わると、まっすぐに伊岡邸に向かう日々が始まった。土日は藍生とふたりで朝から行って、断捨離の手伝いをした。

一緒に過ごしていると、澪さんが藍生にはあまり自分について話さないことに気が付いた。どうしてかと訊けば、『いまも若い姿のまんまの初恋のひとに、おばあちゃんになった自分の人生のあれこれを話すなんて恥ずかしいじゃない。年だなあって思われちゃう』とのことだった。その少女みたいな恥じらいをやっぱり可愛いと思った。

そんな澪さんは、藍生が学校の用で遅くなったときやわたしが学校をサボって早く来たときなんかに限って、自分の昔話をしてくれた。

「私の人生で、男性を好きになったのは二回よ。正臣さんと、二十三のときに結婚した夫。でも、どちらもうまくいかなかった。正臣さんは早くにいなくなっちゃったし、お見合いで一目惚れした夫とも、うまくいかなかったのよね。私、子どもができなかったのよ。名医がいる産婦人科に通ったし、妊娠しやすい食べ物があるって聞いたら毎日でも食べた。努力したつもりなんだけど、全然妊娠できなくって。そんなとき、夫が外で交際していた女性との間に子どもをつくったの。この女性っていうのが、酷い話なのよ。当時はまだ健在だった義理の両親が夫にこっそりと引き合わせたひとだったの！　どうか子どもを産んで欲しい、って頼んでたんですって。そして彼女が妊娠したってわけ。義理の両親だったひとたちは私に『跡継ぎが必要だから仕方ないんだ、身を引いてくれ』って謝ってきて、慰謝料をきちんと払ってくれた。この家も、その一部なの。あの当時はまだ、子どもを産めない女は離婚されても仕方ないって風潮だったのよねえ。そんな中で、あのひとたちはいろいろ気遣ってくれた方だったんだなあって思うけど」

「時代かもしれないけど、やっぱ許せんわー。どうしても跡継ぎが欲しいのなら、先に澪さんと話し合いなりなんなりしろよって思う」

菜摘さんが、手にしていたこけしをぶんぶん振り回して怒り、わたしは深く頷いた。

「ですよね。物事には順序ってもんがありますよ！」

この日は土曜日だったのだが、藍生は福岡行きの準備だかでいなくて、わたしたち三人で断捨離作業をしていた。そして、わたしが包装されたままだったピンクのおくるみを見つけたことで、澪さんが語り始めたのだった。

「加代さんが見つけたおくるみは、私が夫に贈ろうと用意したんだけどね。みんながそこまでずることない！　ってすごーく怒るもんだから、慌てて隠したのよ。結局、渡せないままだったわね」

「澪さん、それはまわりのひとたちが正しい。そして、こんな縁起の悪いもの、大事に取っておくもんじゃないって」

菜摘さんが、わたしの手にあったおくるみを箱ごといらない箱に放り込む。あー、と寂しそうに見つめた澪さんが「一度は好きになったひとなのよ。そのひとの欠片《かけら》が次の世も続いていくって、素晴らしいことじゃない」と呟いた。

「私じゃ残してあげられなかったんだもの。せめてお祝いしたかったのよ」

わたしはその顔を見て、何も言えなかった。とてもナイーブな問題だ。その問題が身近になるのは、わたしにはまだ遠い未来。けれどこれから先いつか、わたし自身が悩むかもしれないこと。わたしの母だって、ほんとうはもうひとり子どもが欲しかったのにできなかった、と哀しそうに話したことがある。加代がいるだけでしあわせなんだけどね、でもお父さんに似た男の子にも会いたかったな……と零した声は、いまにも泣きだしそうだった。

そういえば、澪さんは『死神ばあさん』と呼ばれていたんだっけか、と思い出す。もはや顔も浮かばない、ええと、確か加納くんがそう言っていた。庭に、行方不明の夫の死体を埋めている、とか何とか。

いやー、あんまりにもくだらない噂だわ、加納くんよ。

夫は他の女の元に行っただけで、澪さんはまったく悪くないよ。むしろ被害者だよ。悪く言われるのは、夫であるべきだ。

「しかし、別れた旦那さんはしあわせですね。元奥さんにここまで思われて、そしていまごろは孫もいるのかもしれない」

捨てた妻はいまも悪評に晒されているんだから、元夫も少しくらい不幸になっていればいいのに。むしろなってろ！　という悪い感情を隠して言うと、菜摘さんが顔を顰めた。え、わたし本心のほうを口に出したっけ？　と焦れば、澪さんが「行方不明なのよ」と哀しそうな顔をする。

「は？　行方不明、って、ええと、居所が分からなくなるっていうあれですか？」

「夫は、赤ちゃんが生まれる前に、いなくなっちゃったの」

まじかよ！　夫が行方不明って、それはまじなのかよ！

驚いて声を失っていると、菜摘さんが「どれだけ捜しても見つからなくて、いなくなって十年後だったかに失踪宣告をしたって聞いたよね」と澪さんに言った。

「そう。赤ちゃんを産んだひとが、私が夫に何かしたんじゃないかって怒鳴り込んできて……。その騒ぎで私が夫を殺したんじゃないかって噂になって大変だったのよ」

うわあ、噂ってまったく事実無根なところから広まるわけじゃないんだな。変に感心してしまう。

「夫とは、円満に離婚したのよ。でもそういう風に言われて哀しかったわ」

「家に縛られるのが、嫌だったんだって。子どもは作ったからもうお役御免だ、ってアメリカに渡ってダンサーになったとかなんとか、一応捜索に協力していたらしいうちの祖父が言ってた。同情はするがあんまりにも無責任すぎるって怒ってたなあ」

菜摘さんが言って、それからわたしに「その騒ぎのせいで、澪さんはこの辺りで死神ばあさんだなんて呼ばれてんだよ、失礼しちゃう！」と鼻を鳴らした。

「かぁー！　ほんと、失礼ですね！」

一緒に憤りながら、なるほどそういうことかと思う。幽霊の正体見たり枯れ尾花！　って、こういうときに使う言葉でいいんだっけ？

「まあまあ、それも全部昔の話よ。何もかも終わっちゃったこと。あのときの傷はもう痛まないわ」

澪さんが微笑む。その笑顔がどこか儚くて、わたしは思わず澪さんの手を摑んだ。

「あら？　どうしたの、加代さん」

「あ、いえ。なんとなく手を繫ぎたくなって」

澪さんが消えてしまいそうな気がしました、なんて言えない。にやけてごまかすと澪さんが「ウフフ」といつも通りの声で笑った。菜摘さんは「クソな噂なんて、さっさと忘れ去られて欲しいもんだね」といらない箱にぼすんとストレートパンチをお見舞いしていた。

それから澪さんが「おしゃべりが楽しくて疲れちゃった」と休んでしまい、わたしと菜摘さんはいらない箱のものをせっせと別室に運ぶ作業を行った。

箱の中には、アルバムが数冊入っていた。ずっとしまわれていたからか埃臭くて、開くと糊でべっとりと張り付いてしまっていたページがべりべりと音を立てた。

白黒の写真たちの中に、菜摘さんよりも少し年上のころの澪さんがいた。締まった体軀で背筋がすっと伸びているからか、すごくうつくしく見える。タイトなパンツスーツを着ている写真は、モデルのように凜々しい。かと思えば花柄のふんわりしたワンピースを着ていたりして、それはそれで澪さんらしくてよく似合っている。

「こっちの、澪さんより頭ひとつ分背の高いひとがうちの祖父」

菜摘さんがアルバムを覗き込んで言う。

「澪さんの兄ね。祖父は会社を経営していて、離婚したあとの澪さんは祖父の会社で事務員をして生計を立ててたんだって。澪さん、勘違いされやすい見た目をしているけど、すごく素敵なひとでしょう？　だから見初められることもあったし、いい条件のお見合い話もきてたらしいんだけど、彼女は断り続けたんだってさ」

ぱら、とページを捲る。いろんな澪さんが、そこここにいる。

「うわ、見てよこれ。オフィスでの写真だと思うけど、デスクが煙草の吸殻の山！　こっちは煙でいぶされちゃってるじゃん。いまじゃ考えられないよね」

「え、これ喫煙室じゃないんですか！」

「そんなもん、この時代にはないない。いまの常識じゃ考えられないことだらけだよ。女がひとりで生きる、っていうそれだけのことも、しんどかったんだって」

「昔って、そんな生きづらかったんですか」

「そうらしいよ。澪さんより若い世代のうちの母ですら、女という枠に苦しめられたことがあるって時々愚痴をこぼすよ。それにあたしだって、さっさと結婚して子ども産まないと、って説教を受けたことが何度もある。いま、令和だよ？　それでも言われちゃうんだから、澪さんの受けたものはきっと酷かったはず」

写真の中の澪さんはいつも笑っていて、でもどこか寂しそうに見えた。菜摘さんの言う時代の生きづらさが反映されているのだろうか、と問うと、菜摘さんは「いやこれは、見たまんま、寂しかったんじゃないかなあ？」と写真の顔を指で辿った。

「澪さんがずっとひとり身でこの家に住み続けたのは、いなくなった夫が帰ってくるのを待ってたからなんだよ。いつかきっと自分のところに帰って来るかもしれない。夫が異国の生活に疲れて帰ってきたときのために待っていてあげたい、って」

「え？　だって、他の女性を妊娠させて、そのうえ身勝手にいなくなったひとなんでしょ」

信じられない。わたしだったら、帰って来ようものなら、粗塩を景気よく撒いてやるのに。

その塩の中に小石くらい混ぜちゃうかもしれない。

「好きって、そういうものなんだろうね」

菜摘さんが、声をやわらかくした。

「ゆるせちゃうんだよ、きっと」

そういうものなんだろうか。わたしは分からない。やっと、ひとを好きになったと自覚したばかりのわたしには、好きはまだよく分からない。

「……寂しくても、何も知らないひとたちに死神ばあさんなんて呼ばれても、ここに留まったのは、『好き』だからなんですか。『好き』って、そんな辛いものなんですか」

思わず、ぶつけてしまった。そんな辛いのなら、知りたくない。わたしの『好き』はこれからわたしを苦しめるんだろうか。いまも、辛いけれど。寂しいけれど。でも澪さんの『好き』に比べたら、きっと生易しい。

「そんなの、最初からビビってたら、だめだよー。それにさ、恋はひとそれぞれだって」

くすくすと菜摘さんが笑って「かわいいなー」とわたしの頭をガシガシと撫でた。

「自転車と一緒。うまく乗れる子もいるし、何回もこける子もいる。自分じゃ乗りこなせなくても、この自転車じゃないと嫌だってこだわる子もいるわけよ。澪さんは、そのこだわりタイプなんだろうね」

この自転車じゃないと嫌だ。わたしはどうなんだろう。いまは、藍生じゃないと嫌だと思うけど、新しい自転車にどきどきしたりするんだろうか。分かんない。

わたしは別のアルバムをべりべりと開く。そこには、澪さんの結婚式の写真が収められていた。白無垢姿の澪さんの隣に、顔立ちの整った男がいる。緊張した様子もなく、鷹揚に笑っている姿が多い。これが、澪さんが待ち続けている夫……。

「これ、澪さんにもう一度確認してもらわなくてもいいですか？　いるものかもしれない」

「結婚式のだね。見せなくていいよ。この間、新婚旅行のアルバムも捨ててたもん。九州一周してたよ」

菜摘さんがわたしの手からアルバムを取り、燃えるゴミの山にぽんと置く。

「……わたし、分かんないです。澪さんは、ずっとこだわってきたはずの『好き』を、こんなにあっさりと手放そうとしてるんですよね」

澪さんが、いなくなったひとをどれだけ待ったのか、その年数までは知らない。でもわたしの人生よりも絶対長くて、そんな気が遠くなるような時間をかけた思いを、思い出を、彼女は捨てようとしている。

「そんなに大事な『好き』を、どうして手放すようなことするんだろう。思い出の品を何もかも捨てるって、気持ちがあったことを捨てるってことですよね？」

「違う違う。捨てる、ではないんだよ」

菜摘さんが、わたしの向かい側にしゃがんだ。

「待つことをしなくなったって、痕跡を手放したって、これまでのことが消えてなくなるわけじゃない。待ったことも、手にしていたことも、事実として自分の中にある。そして、自分の中に何もかもを収めていくことが、澪さんがいましている、『自分の人生の片付け』なんだよ。広げていたものを心に収めていってる」

「心に？」

「そう。好きとか思い出とか、大事な感情は、これまではいつでも手に取れるように物に託して置いていたけど、自分の奥に収納する。しまい込む」

この辺りに、と菜摘さんは自分の胸元に両手を当てた。

しかしわたしはやっぱり分からなくて、押し黙る。少しの沈黙があって、菜摘さんがわたしの隣に座り直した。エプロンのポケットからレモンキャンディをふたつ取り出して、ひとつをわたしの手に載せる。

「分かんなくていいんだよ。だってあたしたちはさー、これからいろんなものをどんどん手にして、思いや人生をどんどん広げていけるもん。人生のしまい支度をするまで頑張ってきたひとに心底寄り添おうって、無理だよ。それって傲慢だよ。だから、分かんなくっていい」

人生のしまい支度。それこそわたしには遠い言葉で、寂しい響きだ。レモンキャンディの包装紙を剝いて、口に放る。甘くて、少しだけ酸っぱい。

夕方になって、藍生がやって来た。少しでも顔が見たいなと思って、と照れたように澪さんに言ったけれど、一瞬菜摘さんの方を見たのを、わたしは見逃さなかった。何だよ、恋する少年になっちまって。藍生が来た！　と無邪気に喜んでしまった自分が、虚しい。

「ねえ、今夜はすき焼きでもしましょうよ。臨時収入もあったし、四人で」

澪さんが封筒を掲げてみせた。それは推しファイルの間から出てきたもので、現金が入っていた。表には『ごほうび』と書かれていて、澪さんに訊けば『私にサプライズをしてくれるような相手はいないから、自分で自分にプレゼントを用意していたのよ』と言う。家のいろんなところにお金や小物を隠しておいて、忘れたころに発見して喜ぶ、ということを長年やっていたのだという。そんな些細な楽しみを作り出せるところも素敵だなと、改めて澪さんを好きになった。

「やった、お肉大好き！　じゃあ商店街まで買い物に行かないとなー」

菜摘さんが冷蔵庫の中を確認しながらメモを取っていると、藍生が「おれ、買いに行きますよ」と手を挙げた。

「今日何も手伝ってないのに、飯だけ食べさせてもらうのも申し訳ないんで」

「え、あ、じゃあわたしも行きます！　昼もごちそうしてもらったし！」

お昼はお昼で、出前の特上天丼を食べさせてもらったのだった。あんなでっかい海老天、初めて食べた。死ぬほど美味しかった……。菜摘さんは「じゃあお願いしちゃお」と封筒とメモを渡してきて、わたしたちは連れ立って商店街まで向かうことになったのだった。

茜色に染まる空が、遠くからじわじわと色を濃くしている。どこの庭木か、梅の香りが漂ってくる住宅街を、わたしは藍生と一緒に歩いた。歩きながら、澪さんの話をした。いなくなった夫や、亡くなったという幼馴染。ひとりで、生きづらい世の中を生き抜いてきたこと。そんなに頑張ってきた人生の痕跡を、片付けていかないといけない、哀しさ。うまく言えなくて、感情のままに話すわたしに、藍生は黙って耳を傾けてくれた。

「なんか、生きるとか、人生とか……ひとを好きになることとか、そういうことをいろいろ考えちゃったんだ」

「ひとひとりの人生に触れてるんだ。そりゃ、そうなるさ」

藍生が穏やかに言った。

「おれは、澪さんに会えてよかったなって思う。先に生きてきたひとは、その生き様でいろんなことを教えてくれるんだ。おれは彼女の心の奥深くまで見ることはできない。きっと、すごくいろいろな葛藤があるんだろう。でも、潔くあろうとしている姿が好きだし、憧れる」

「潔くあろう、か」

まさに澪さんを指している言葉だな、と思った。物を『いらない』と手放すとき、澪さんは哀しい顔をするし、寂しそうにもする。でも、決してその思いの深みを感じ取らせない。

すぐに笑顔を作ってみせる。

「からだは不具合を抱え、命の終わりさえ見えてきた。そんな中で健やかな心であり続ける澪さんは、ほんとうにすごい。おれは、軽い気持ちで仏像を彫ってた自分を恥じたね」

「だから∀ガンダムだったのか」

「え？　いやあれは最近観かえしてさ、やっぱかっこいいなーって」

「なにそれ、単純」

けらけらと笑いあいながら、藍生の隣を歩く。ちらりと横を見上げれば、藍生がいる。

小さなころからずっとこうだったんだけどな、と思う。同じような経験をして、同じような景色を見て、そして思ったことを話して、一緒に成長する。過去を振り返るときも一緒で、懐かしいねと微笑みあったときに互いの目の前に広がる光景も、きっと同じで。わたしたちの人生の歩みは果てしなく重なっていたはずなのに、でも、これから先はきっぱりと別れて、離れていく。

寂しいな。寂しいよ。ずっと藍生の傍にいたい。これからも同じものを見て、同じものを感じていたい。

「ねえ、藍生」

呼びかけた、次の瞬間。「カヨー！」と大きな声がした。驚いて声のした方を見れば、カナブンが見覚えのある男の子と並んで立っていた。カナブンが片手を大きく振って、「カヨじゃーん。何、あんたデート？　やるじゃん」と叫ぶ。通り過ぎていくひとたちがなんとなしにわたしたちを見て、わたしは顔が一気に熱くなる。

「ちょ！　何言ってんのカナブン！」

「あ！　浦部！」

　カナブンの隣の男の子が藍生を指差した。それからカナブンに「ほら、こないだの死神ばあさんの」と言う。よく見れば、その男は、カラオケで始終カナブンの横にいた奴だった。

カナブンは男の子に「はー、なんの話？」と面倒くさそうに眉根を寄せ、それからはっとした顔をして「あー！　思い出した」と声をあげた。

「やだ、やるじゃんカヨ！　あんた、宣言通り大好きな幼馴染を奪い返したんだ！」

　隣で、藍生が「は？」と低く呟いた。

　最悪だ。最悪。こんなかたちで、藍生に知られるなんて。

　あの日、情報のお礼がてらにカラオケを盛り上げたわたしは、自身を鼓舞するために『藍生を奪われてはなるものか！』とマイクを握って叫んだ。『わたしの幼馴染は、わたしのもんだ！』とも。それを聞いたカナブンが『略奪だー！』と合いの手を入れて、わたしはみんなに『見てて！　わたし、絶対初恋成就させっから！』なんて宣言をしてしまった、のだった。忘れてた。

「おめでとー、よかったね、カヨ！」

「カヨっぺ、浦部とまじで付き合ったの？　うわウケる。浦部の趣味、分かんないな」

「は？　あんた何言ってんの？　あたしのダチなんだけど、カヨ」

「あ、いやその、なんていうか、その子ちょっと女の子らしくないっていうか、ね？」

「ね？　じゃねえし」

ふたりの雰囲気が険悪になり、しかしそんなことはどうでもよくて、わたしは隣にいる藍生の顔が見られない。

「言っていることがよく分からないけど、おれは加代と付き合ってない」

きっぱりと、藍生が言った。

「加代は幼馴染で、それだけだよ」

藍生はそう続けて、「行こう、加代」と歩き始めた。「うわ、ごめんなさい！　まじでこいつ最悪なこと言った。ねえ、謝ってよ！」「あ、あ、カヨっぺごめん」「誰のこと勝手にカヨっぺとか呼んでんだよ！」と慌てるカナブンたちを無視して去って行く。

「あの、わたし行くね！」

わたしはおろおろしているカナブンたちに構う余裕もなく、藍生のあとを追った。

早足の藍生に、小走りでついていく。何を言っていいのか分からなくて、「ごめん」と背中に叫んだ。藍生がぴたりと足を止める。

「あの、藍生。ごめん」

「……勘違いじゃ、ないの」

振り返らないまま、藍生が言った。

「おれたち、ずっと、近すぎたし。それで、情みたいのを勘違いしたんじゃないの」

「違う！」

思わず声が大きくなった。

情の勘違いじゃ、心臓はきっと痛くならない。笑いかけられるだけで、どきどきしない。そしていま、こんなにしんどいのは、勘違いじゃない。わたしの中の気持ちは、絶対に勘違いじゃない。

「じゃあ、嫌だ」

静かな声に、心臓が潰れた、気がした。

「加代からのそういう気持ちは、嫌だよ」

三度目の『嫌だ』は、受け止めきれなかった。わたしは踵を返して、猛然とダッシュした。走りながら、こういうときって泣けないんだなと思った。涙どころか声も出ない。ただ、わたしが拒否されてしまったあの場から少しでも離れたくて、死に物狂いで足を動かした。ああ、音速を超えるほどのスピードが出せたらいいのに。そしたらきっと、あの瞬間だって振り切れる。あの瞬間から、逃げ出せるはずなのに。

どんどんひととすれ違う。どこかでカナブンたちを追い抜いたかもしれない。何もかも追い抜いて、誰もいないところまで行きたい。

「加代さん。加代さーん！」

何もかも置いてきた先で、澪さんが手を振っていた。

暢気にゆらゆらと振られた手に、わたしははっと我に返る。足を止めた瞬間、時間が戻って来た。肺に空気が勢いよく流れ込んで、がほっと噎《む》せる。からだを折って咳き込むと、澪さんが「あらあらまあまあ」と近くまできてくれた。大きな手が、わたしの背中を撫でる。

「大丈夫？」

「澪さん、ど、して、ここに」

「せっかくだから、あなたたちについて行こうとしたんだけど、追いつけそうにないから諦めて帰ろうと思ってたのよ。でも会えてよかったわあ」

澪さんが笑う。深い瞳がわたしを映している。目じりにやさしい皺の寄せられた顔を見ると、どうしてかぶわっと涙が溢れた。

「あら、あら。どうしたの、加代さん」

おろおろする澪さんに抱きつく。がっしりしているように見えたのに驚くほど細くて、やわらかくて、そしてあったかくてやさしい匂いがした。その体温と香りに、いっそう涙が溢れる。

「澪さん、澪さん。好きなひとに嫌だって言われたの。藍生に、わたしの気持ちは嫌だって言われた。どうしよう、どうしよう」

しがみついて泣いていると、澪さんが抱きしめ返してくれた。どこにそんな力があったのかとびっくりするくらいの力で、「おちつきなさい」と言われる。

「聞くから。ぜーんぶ聞くから、落ち着きなさい。ね？　ほら、私といったん帰りましょう。ね？」

澪さんに手を引かれて、歩き出す。しゃくりあげるわたしの背中を、澪さんはずっと撫でてくれた。

藍生は、買い物だけすませてきて、『今日は帰ります』と言ったらしい。それを聞いたのは、澪さんや菜摘さんに藍生とのことをひとしきり話したあとに、泣き疲れて眠ったわたしが目覚めた後のことだった。

「カヨちゃんのおうちにはあたしが連絡したから、大丈夫。今日は泊っていきなさい」

日はとっくの昔に暮れていて、菜摘さんがわたしのために牛すきうどんを作ってくれた。やさしい湯気の向こうに、微笑むふたりがいる。新しい涙が零れるのを拭いながら、わたしはうどんを啜った。

「妹だって紹介するなんて、ずるいひとね」

お茶を啜りながら、澪さんが頰を膨らませてみせる。でも、その声は少しも尖っていない。

「幼馴染だって最初から言えばいいのに」

「あの子は気を遣うからねえ。澪さんから正臣さんなんて呼ばれている手前、そういう関係の女の子が他にいないほうがいいと思ったんでしょ」

「あら、私のせい？」

「大事にしてもらってたってことなんだから、澪さんは喜んだら？」

一瞬視線を宙に彷徨《さまよ》わせた澪さんが「確かに、それもそうね、ウフフ」と笑う。その顔にくすりと笑い返した菜摘さんは、わたしに「嫌だっていうのは嫌いってわけじゃないよ、きっと」と言った。

「困る、が正解じゃないかな。あの子はカヨちゃんの気持ちに気付いていなかったから、驚いて、困っちゃったんだよ」

ず、と麺を啜る。温かくて、美味しい。

「藍生、加代を頼みますって言って帰ったよ。顔、すごくしょぼんとしてた。嫌いな子のために、あんな顔しないよ」

ず、と今度は鼻を啜る。分かってる。藍生はわたしを嫌ってはいない。でも、わたしの『好き』を受け止めはしない。

「藍生はもうすぐいなくなっちゃう。遠くに行っちゃう。一緒の時間が過ごせない。そしたら、もう何もできない。リベンジもできない。もうおしまい」

毎日会っていても、藍生はわたし以外のひとを好きになった。近くにいても離れていったのに、距離すら離れてしまえば近付けるはずがない。

「あら。時間や距離が問題なら、何を泣くことがあるの」

呆れた、と澪さんが目を見開いた。

「相手が死んじゃったわけじゃないし、行方不明になったわけでもない。会おうと思えば会えるし、たくさんお話もできる。これからだってそうよ。福岡が何よ。行けない場所ではないでしょう。どうにだってできる。私はもうポンコツのからだだけど、正臣さんに会えるならいまからどこにでも、サハラ砂漠にだって行くわよ。夫が待ってるなら、オーロラの下にだって行ってやる。毎晩、オーロラを探して歩くわ」

「どこにだって、行く……」

「そうよ、行くわよ。それに加代さんは、条件さえ揃えば、どうにかなるかもしれないって思ってるんでしょ？　それ、大事にすべき自信よ。私はいつも、諦めてしまった。『私なんかが』どうせ無理だって正臣さんに告白しなかった。『私なんかが』文句言っちゃだめだって、義理の両親の言いなりに離婚届にサインをした。『私なんかが』引き留めちゃだめだ、って出て行く夫の背中に何にも言えなかった。でも結局ずっと、たられればを考えてしまった。あのときもっとあがいていたら、もっと縋っていれば、変わったことがあるんじゃないかしらって、ふっと思ってしまったのよ。何十年も、ずっと。でも……」

話し過ぎたのか、こほんと咳をしてお茶を啜った澪さんだったが、「そうだ。せっかくの機会だから話しておこう」と思い出したように、わたしたちの顔を交互に見た。

「菜摘も、覚えておきなさい。あなたたちは、可能性に溢れているのよ。恋も、友情も、夢も、何もかもがこれからなの。そして、どんなことだってできる。最初から諦めなければいけないことなんてない。絶望しないといけない障害なんてない。だから何ひとつ、憂うことはない。後悔しないように、それだけを忘れなければいい。もちろん、大変なことがたくさんあるでしょう。頑張ったからって成果がでないこともある。でも、どんなに辛いことや哀しいことがあったとしても、大丈夫。やっぱり憂うことはないの。だって、きっといつか、何もかもを穏やかに眺められる日が来る。ありのままを受け止めて、自分なりに頑張ったんだからいいじゃないって言える自分が、遠い未来にきっといる。私は後悔をたくさん残してしまったけど、たられば に思い悩んできたけれど、いまは、ここまで生き抜いてきた自分のことを褒めたい。あんたなりにやったじゃない、って思ってる。だから大丈夫よ。この私が、保証する」

静かに紡がれる声が、やさしくわたしに届く。まっすぐに、心に響く。濡さんが続ける。

遠い未来が想像できないのなら、私を思い出しなさい。遠い先の未来で、私が待っていてあげる。私はあなたたちのぜーんぶを受け止めて、抱きしめるわよ。頑張ったねって言うわよ。だから安心して傷つきなさい。安心して、生きなさい。後悔や心残りだけはないように頑張りなさい。

うどんつゆに、別の涙が落ちた。ああ、いまきっと、すごく大事な言葉を貰った。多分、わたしはこの言葉たちを、これから先何度も思い出すことになる。そして、毎回、また頑張れるって思うのだろう。どれだけ辛くても、わたしひとりの苦しみではない。この苦しみを慈しんでくれるひとが、遠くに待ってくれている。

「澪さん、わたし、澪さんのこと好き」

顔を上げて、思わず言うと、澪さんが目を細めて「ウフフ」と笑った。

「これが、先に生きてきた人間の魅力よお。それにね、私、年を取れば取るほど、いい女になっている気がするの」

そのおどけた笑顔が、とても素敵だった。目の縁を少し赤くした菜摘さんの「澪さん、あざとーい」というツッコミまでも、どこまでもやさしく響いた。

夜遅く、客間で眠っていると、ごそごそとひとの気配がした気がして目が覚めた。耳を澄ませてみれば、誰かが起きだして何かしているようだ。スマホで時間を確認すると、深夜二時。

泥棒？　身を固くしていると、微かに声がした。「……ない」その声に聞き覚えがあって、わたしはそろそろと布団から這い出た。物音をたてないように廊下に出る。

断捨離中の部屋の方から、物音がする。微かに光が漏れていて、様子を窺おうと一歩踏み出したところで「待って」と背中から小さな声がした。思わず声をあげそうになって、しかしすんでのところでどうにか飲み込む。おそるおそる振り返ると、菜摘さんが立っていた。

「ごめん、起こしちゃったんだね」

困ったように眉を下げる菜摘さんに「あ、あの。部屋、誰か」と部屋を指す。菜摘さんは「澪さん」と小さく言った。

「気付かれないように、そっと見て」

菜摘さんが襖の隙間を指し、わたしは息を殺して中を覗く。そこには、「ない、ここにもない」とうわ言のように繰り返して物を探っている澪さんがいた。箪笥の中を引っ張り出し、書架の本も同様にぼんぼんと出していく。それでいて、ふっと座り込んでは全身で息を吐いた。ぜい、ぜい、とからだの奥から染み出るような荒い呼吸。大きなからだが、細く折れそうに見える。

「何を、探してるんですか」

「分かんないの」

菜摘さんが首を横に振った。本人も、これだというものは分かっていない。ただ、何か大事なものがあった気がする、仕舞った気がするって言って、探してる。何もかも捨てているから、不安になってきたんだと思う。何も残さないことが、怖くなったのかもしれない。

ふらり、と澪さんが立ちあがる。書架の端に置かれていた小箱を開ければ、中はアクセサリーだったらしい。いくつものチェーンがこんがらがってしまったネックレスたちをじっと眺めて、しかし箱に戻した。蓋をしないまま、ぽんと放り投げる。

「あたしが行くと、気まずそうな顔をして寝室に戻っちゃうんだ。一緒に探すよって言うと、『何にもいらないって言ったでしょ!』ってむきになる。物に執着しないと決めたはずなのに執着してしまう自分を情けなく感じてるみたいでさ。じゃあこんな風にこそこそと無理しないでって言ったんだけど、こうして隙を見ては、探してる」

菜摘さんがため息を吐く。澪さんは、何かを手にしては放り投げるという行為を繰り返して、その合間にへなりと座る。背を丸めてぼうっと虚空を見つめる顔は頼りなくて、寂しそうだった。帰り道が分からなくなった子どものようにも見えた。

「庭を掘ってたことがあるって噂を、聞きました」

「ああ、知ってるの? いっときは庭に埋めたかもって考えたみたい。でも何にも見つからなかった」

澪さんが立ちあがった瞬間、ふらりとよろけた。がたん、と音がして、その音を聞く前にわたしは部屋に飛び込んだ。澪さんを支えると、「加代さん!」と驚いた表情になる。

「あ、ああ、ええと、その、トイレに起きたらね、ちょっと目が冴えちゃって、片づけでもしようかなと思ってね」

取り繕う顔は少し青ざめていて、触れたからだはひんやりしていた。暖房もつけていない部屋で、どれだけ過ごしていたのだろう。

さっき、あんなにわたしを励ましてくれたひとが、こんなにも頼りない……。

「……明日、大掃除、しましょう！」

いきなり大きな声で宣言したわたしに、澪さんがきょとんとする。

「毎日ちまちまやってちゃだめだ。澪さん、明日この家を徹底的に大掃除します。庭だってやるよ。菜摘さん、やりましょうよ！」

振り返って言うと、菜摘さんも「確かに、それが一番いいかも」と顔を明るくした。

「いっそ一息にやるほうが、澪さんのからだの負担も少ないかもしれない。よし、その話乗った」

猛然とやる気がわいた。何でもいい、澪さんが「これだ」と言えるものを見つけ出してやる。

翌日は、朝から快晴だった。わたしはカナブンに頼みこんで、ヒマしている友達を集めてもらった。「えー。ボランティアとかまじ勘弁。彼氏探しに忙しい」などと言っていたカナブンだったが、菜摘さんが「いまから手伝いに来るうちの弟と友人たち、現役医大生だけどダメかな」と言ったとたん、「なんなりと命じてください」と声が変わった。

菜摘さんの弟の葉月《はづき》さんは姉によく似た目の大きなイケメンで、連れてきたお友達数人もみんな爽やかで素敵だった。カナブンや綺羅ちゃん、華ちゃんたちはもともと華やかなメイクで現れたが、葉月さんたちを見るや「今日、全力を尽くすね」とキラキラオーラを増してくれて、ほんとにありがたい。しかし加納くんたちとはどうなったのかと訊けば「あー、あれ？　勉強できるんだかどうだか知らないけど、視野狭すぎ」「進学校ってあれ嘘じゃないの？　知性も品性もないわ」と一刀両断。わたしは自分を積極的行動的な人間だと思っていたけれど、カナブンたちを前にするとどうも負けている気がする。見習わねばなるまい。

「知り合いから軽トラック借りてきたし、ごみを持ちこめる処理場も確認してる。みんな、澪さんに確認を取ったのちは、どんどん軽トラに積み込んで。書類関係や判断がつかないものは菜摘に相談してから。ＯＫ？」

葉月さんが説明すると、みんな「ラジャ！」と元気の良い返事をした。

玄関に出した椅子に、澪さんに座ってもらう。ストーブを傍に置いて、暖かくすることも忘れない。そうして、全員が手分けをして作業を始めた。

洋服に着物。それに付随する小物やバッグ、靴。本やレコード、ＣＤにブルーレイディスク、溢れかえるものたちがどんどんと澪さんの前を通り過ぎていった。

「やだ、これ素敵！　ねえ澪さん、このゾウさんの帯留め貰っていいですか⁉」

「えー、華ちん着物なんて着るの？」

「いま、ママと一緒に着付け教室通ってんの。いいですか、澪さん？」

「いいわよお。使ってくれると嬉しい。これはねえ、骨董市で一目惚れして買っちゃったのよ」

「澪さん！　レコードがヤバいんすけど！　八〇年代アイドルのレコードが……うそだろ、中森明菜に山口百恵って、こんなに揃ってるなんてありえねえ」

「私、アイドルが好きだったのよ。いるなら、持って行って」

「ぎゃー！　澪さん！　リバー・フェニックスのファイルください。これ家宝にします！」

「どうぞどうぞ。どこかに写真集もあるはずよ」

ときどき、歓声が上がる。みんなの真ん中で澪さんが笑っている。その顔に、昨晩あった儚さはなくて、ほっとする。わたしはそれをちらちら見ながら、澪さんが「これだ」と思うものを探した。正臣さんの写真とか、旦那さんとの結婚指輪なんてどうだ。子どものころの写真、というのもありかもしれない。これだと思うものを探し出しては持って行き、しかし澪さんは緩く首を横に振る。わたしはがっかりしながら、軽トラに運ぶ。

昼はピザをたくさんデリバリーしてもらってみんなで食べ、午後の作業になだれ込む。軽トラックは一度、ごみ処理場に走った。それから葉月さんたち男性は庭に出て、清掃を始めた。葉月さんは池の水まで抜いてしまいたいらしく、「水は側溝に流そうぜ。ポンプはいらないだろ、この高低差ならホース買ってくれれば、サイフォンの原理でさ」と、お友達と話をしているのが聞こえた。池の水を抜くの？　何それすっごく楽しそう。やりたい。ホースだけで水を抜けるもんなの？　それに、池の掃除って絶対汚くて絶対面白いに決まってる。でもわたし、前世の因縁で水辺に行けないんだよなー、なんてことを考えながら荷物をせっせと戻ってきた軽トラに運んでいると、「加代」と声がした。見れば、藍生が立っていた。

「藍生、どうしたの？」

「や、どうしたのじゃないでしょう。昨日のことも気になったし、そんで来てみれば、大掃除、してんの？　なんか、大人数だし」

藍生の髪が、いつもよりぼさぼさだ。少しだけ生気がなくて、もしかしたら藍生は寝ずにいろいろ悩んでくれたのかもしれないと思った。

「これ、どういう状態なの、加代」

「いまね、澪さんの断捨離をみんなでやってんの」

「お。カヨの彼氏……じゃなくて候補！」

タイミング悪く、カナブンに見つかってしまった。カナブンは「余計なことを！」というわたしの顔を見て「おっと失礼」とおどけたように敬礼をして、「あのさ、知ってるかもしれないけど、カヨはいい子だよ」と藍生に顔を向けた。

「あんた、めっちゃいい子に好かれてるんだからね！　喜んだ方がいーよ！」

に、と笑ってカナブンは家に入っていった。なんだよカナブン、そういうことすんなよー。友情は嬉しいけど、ありがたいけど、絶対失敗だってば。また昨日みたいなこと言われちゃうよー。昨日の悪夢のような言葉を思い出して、ちょっとだけ泣きそうになったわたしは、ぐっと俯いた。

「ごめん」

藍生の声が降ってきた。

「ほんとうに、ごめん。昨日、酷い言い方して、しまった」

心底、悩んで困っている声だ。それで、察してしまった。これから先、藍生がわたしに恋をしてくれることはないと。藍生の中にいるわたしは、永遠に幼馴染の加代で、それ以上にはなれない。藍生は、女の目で自分を見るわたしを、これっぽっちも望んでいない。

「あの、おれ、その」

泣きたい。澪さん、だめだったよ。時間の問題じゃなかった。これは、もう無理。世界に藍生とふたりだけになっても、きっと受け入れてもらえない。澪さん、澪さん。半泣きで澪さんに呼びかけて、はっとした。昨日の夜を、思い出せ。

「加代のこと、その」

「……もう、いいよ！」

ぱっと顔を上げて、笑ってみせた。

「突然だったもんね。動揺するよ。仕方ないよ。せっかくだからきちんと言っておくと、わたしは藍生のことが好きだよ。気付くのが遅かったけど、多分ずっと前から好きだった。でも、もういいよ。いまのところは、分かった」

少しだけ、声が震えた。しかしまあご愛敬だ。頑張ってる、わたし。

「初恋は叶わない。藍生の言う通りかもね。ま、とりあえずはいつでもオーロラを見に行けるようにお金貯めるわ。パスポートも取っとこうかな」

バイトでもすっか、と付け足すと、藍生が「え。オーロラ？　あの、意味が分からない」と戸惑った顔をする。

「藍生は分からなくて、いいよ。それよりさ、澪さんの断捨離をみんなでやってるところなんだ。藍生も手伝いなよ。きっと澪さん喜ぶよ」

藍生はもう一度「意味が分からない」と呟いたけれど、わたしがこれ以上何も言うつもりがないのを察したのか、ため息を吐いた。

「やるよ、おれも。何をすればいい」

「菜摘さんの弟さんが来てて、池の水をサイフォンなんとかで抜こうかって話をしてた。そっちでも手伝ったら？」

藍生の目が、きらんと光った。

「池の水？　サイフォンの原理でいけるものなのかな。ちょっと行ってみるわ」

きっと気になるだろうと思った菜摘さんの弟さんより、サイフォンなんとかの方に興味を持ったらしい。わたしだったら好きなひとの身内がいると知ったら、そっちの方がめっちゃ気になるのに。

ああ、同じ『好き』でも藍生の『好き』とわたしの『好き』は性質も違うんだな、と思った。『好き』って、奥深い。

ぶつぶつと独り言を零しながら、藍生が庭の方へ駆けて行く。取り残されたわたしは、ようやく涙をころんと落とした。これ、初恋終わっちゃったかな。それともまだ挽回できるのかな。分からない。分からないけど、でもわたし、すごく頑張った。いまの自分の頑張りは、これから先絶対に後悔しないですむ。

ぴゅう、と風が吹き、梅の香りを連れてくる。遠くに梅が綻んでいるのが見えた。ああ、あの家だったのか。眺めていると、家の方から「カヨー、あんたの好きそうなリュックがたくさん発掘されたよー」とカナブンの声がした。どピンクでくそかわいいのがあるよー。澪さんが、くれるってー！

「うっそまじで⁉　すぐ行く！」

大きな声で答えて、わたしはみんなの元に走っていった。


あの日、澪さんの探している『何か』は結局見つからなかった。池の水は綺麗に抜かれて清掃され、葉月さんたちは天井裏まで入り込んで探ったけれど、澪さんの『いる』というひとことは最後まで聞くことができなかった。ただ、澪さんはすっきりした部屋を見回して、それからわたしたちの方を向いて、『ありがとう』と微笑んだ。

『みんなが、見つけてくれたのね』

はっとしたわたしたちは、それぞれが手にしたものを見た。みんな、澪さんから何かを貰い受けていた。そのひとつひとつを目で追った澪さんは『きっとそれが、わたしが探してたものなのよ』と呟いた。

それからわずか数日で、澪さんは家からいなくなった。これまでずっと小康状態だった体調が急に悪化して、病院に搬送されたのだ。病院からいずれケア施設の方へ移動することになるらしくて、家にはもう戻ってこない。そう教えてくれたのは菜摘さんで、わたしと藍生がお見舞いに行きたいと言ったら、断られた。

『弱ってるところは、見せたくないんだって』

分かってあげて、と続けた菜摘さんは『それからね、藍生に伝言』と藍生を見た。

『今度はわたしが置いていく番。たまにでいいから、思い出してね。だって』

藍生は戸惑った顔をして、それからすぐに意味を察したらしい。小さく微笑んだ。

『なるほど、そうか。おれの役割はそこにあったか』

置いていかれちゃったか、と付け足した声はどこまでもやさしくて、寂しそうだった。

その後藍生は福岡に越して行き、菜摘さんは三ヶ月ほど澪さんのいなくなった家で生活をしていたけれど、ある日『もう思い残すこともないし』と言ってベルギーに発った。わたしは目に見えてしょんぼりしていたらしく、カナブンがわたしのために合コンをたくさんセッティングしてくれた。綺羅ちゃんや華ちんからは徹底的にメイクの指導を受け、そういう友人たちの援助のお陰なのか、ひとつ上の男の子から生まれて初めて告白された。キラキラした目でわたしを見る男の子を前に、いつかの自分を思い出す。『少し考えさせてください』とその場では断ったものの、そういや初めての『好き』を向けられたかったな、なんて思い出して藍生にSNS経由で報告した。けれど、藍生からは完成した木彫りの∀ガンダムの画像と小倉城の天守閣でドヤ顔している写真が送られてきて、おしまい。酷い。それからは、男の子から誘われたデートでどきどきしたり、やっぱこのひとじゃないかもなんて思ったりを繰り返していると夏が来ていて、そして菜摘さんから澪さんの家が取り壊されると連絡があった。

わたしは学校をサボって、ひとりで澪さんのいた場所が取り壊されていくのを見守った。大きなショベルカーが澪さんの家をバリバリとかみ砕いていく。かみ砕かれ消化されていく空っぽの家を見ながら、澪さんのことを考えた。からだが大きくて、とびきり優しくて、いろんな愛や哀しみを知っているひとのことを考えた。わずかだけれど一緒に過ごした時間を、貰った言葉を、思い返した。

これから先も、きっといろんなことがあるのだろう。

でも、大丈夫。何もかも、憂うことはない。

そう繰り返して、目の前の景色を見つめ続けた。

初出

おつやのよる　「小説新潮」二〇二〇年六月号
ばばあのマーチ　「小説新潮」二〇一九年五月号
入道雲が生まれるころ（「リセット」改題）　「小説新潮」二〇一八年五月号
くろい穴　書下ろし
先を生くひと（「春の善き日に」改題）　「小説新潮」二〇二二年三月号、四月号

なお、単行本化にあたり加筆修正を施しています。

装画・挿画　水上多摩江

あなたはここにいなくとも

著　者………町《まち》田《だ》そのこ

発　行………2023年2月20日

発行者………佐藤隆信

発行所………株式会社新潮社

郵便番号162-8711　東京都新宿区矢来町71
電話　編集部(03)3266-5411
　　　読者係(03)3266-5111
https://www.shinchosha.co.jp

装　幀………新潮社装幀室

印刷所………大日本印刷株式会社

製本所………加藤製本株式会社

乱丁・落丁本は、ご面倒ですが小社読者係宛お送り下さい。
送料小社負担にてお取り替えいたします。
価格はカバーに表示してあります。

ISBN978-4-10-351083-3　C0093